모든 날 모든 장소

| 일러두기 |

• 이 책은 방일영문화재단의 지원을 받아 저술·출판되었습니다.
• 인명, 지명 등 외래어는 국립국어원 외래어표기법을 따랐으나, 일반적으로 통용되는 표기
  가 있을 경우 이를 참조했습니다.

모든 날 모든 장소

건축 기자 아빠의 미국 소도시 생활기

채민기 지음

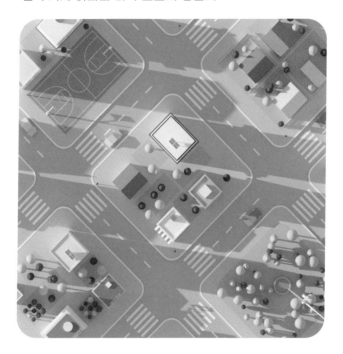

문학동네

차례

프롤로그

공항에서

나는 공항이라는 장소를 좋아했다. 떠난다는 설렘, 무거운 짐을 부쳐버린 뒤의 홀가분함, 그러면서도 너무 들뜨지 않고 모든 것이 체계적으로 돌아가는 정연함이 좋았다. 2021년 12월 12일의 인천공항 전까지는 그랬다. 워싱턴 D.C. 조지워싱턴대학교 한국학연구소에서 방문연구원으로 1년을 보내기 위해 미국행 비행기를 탄 날이다.

그날 새벽 인천으로 가는 차 안에서 나와 아내와 에스더(책에서 아이를 실명 대신 미국에서 썼던 영어 이름으로 지칭했다), 우리 세 식구는 별로 말이 없었다. 며칠의 휴가가 아닌 삶을 위해 외국에 가는 것은 처음이었다. 초등학교 입학을 앞두고 있던 에스더의 유일한 보호자라는 역할도 처음 입어보는 옷처럼 어색했다. 회사에서 새로운 업무를 막 시작한 아내가 장기 휴직을 고민하다 한국에 남기로 했기에 공항 보안구역에 진입한 순간부터는 에스더와 나뿐이었다.

에스더가 교통 약자로 분류된 덕에 수속은 금방 끝났다. 배웅하러 와준 아내와 부모님이 아직 공항 어딘가에 있을 터였다. 불과 몇백 미터 밖에 가족들이 있는데 방금 지나온 출국장을 되짚어 만나러 갈 수는 없다는 사실이 새삼스러웠다. 에스더의 손을 잡고 출국 심사대를 통과할 때 이제 이 아이에게 나밖에 없다는 생각이 들었다. 딱히 살 물건이 없어도 의식처럼 면세점을 순례하던 기억이 몹시 비현실적으로 느껴졌다.

탑승구 유리창 밖에 대한항공 KE093편이 서 있었다. 그걸 타고 13시간 반을 비행한 뒤에는 그때까지와 전혀 다른 차원의 삶이 펼쳐질 예정이었다. 언젠가 우주여행 시대가 열리면 다른 은하로 가는 포털portal에서 비슷한 기분을 느끼게 될까. 숱하게 공항을 이용하는 동안 한 번도 경험해보지 못했던, 익숙한 장소가 주는 낯선 느낌이었다.

생각해보면 그날 이후 미국에서 보낸 한 해도 결국은 이방인이자 어린아이의 유일한 보호자로서 장소를 새롭게 느끼는 과정이었다. 슈퍼마켓, 도서관, 학교, 놀이터처럼 익숙한 일상의 장소들이 다른 느낌, 다른 모습으로 다가왔다. 이 책은 그 느낌과 모습에 대한 이야기다. 역사적 배경과 개인적 감상을 교직해서 장소를 새롭게 바라보고자 했다. 장소를 느낀다는 것은 삶을 보다 예민하게 감각하는 일이기도 하다는 걸 깨달았다.

미국으로 건너갈 때 신문사 문화부에서 건축을 담당했던 터라 워싱턴 D.C.와 미국의 건축에 대한 책을 써보고 싶었다. 미국에서 생활하는 동안에는 만약 책을 쓴다면 그 책은 육아서가 되겠다 확신했다. 그러나 이 책은 건축도 육아도 아닌 장소에 대한 이야기로 완성되었다. 문학동네 편집자가 책의 방향을 제시하고 어지러운 원고의 맥락을 이끌어주지 않았다면 정리되지 않은 메모와 사진을 엮기란 불가능했을 것이다.

언론인 해외연수 프로그램을 통해 새로운 세상을 경험할 기회를 주신 LG상남언론재단과 저술 지원 프로그램으로 집필에 도움을 주신 방일영문화재단, 한국에 남아 이사처럼 골치 아픈 일을 도맡은 아내, 자식과 그 자식까지 한꺼번에 물가에 내놓은 심정이셨을 부모님을 비롯한 가족들께 감사드린다. 무엇보다도 에스더에게 한 해 동안 건강하고 씩씩하게 지내줘서 고맙다는 말을 전하고 싶다. 누군가는 '해외 독박육아'라 말했지만 에스더가 있어 충만한 날들이었다.

2025년 새봄을 기다리며

채민기

집

미국 아파트

"또 아파트야?" 지구 반대편의 1LDK

한때였지만 지구 반대편에 '집'이라 부르던 장소가 존재했었다는 느낌은 특별하다. 해외에 나가서 머무는 곳은 언제나 숙소나 방 아니면 호텔이었지 집이었던 적은 없다. 잠시 거쳐갔다고 하지 않고 살았다고 말할 수 있는 건 그곳에 집이 있었기 때문이다.

미국 가면 당연히 잔디밭 딸린 이층집에 살게 되는 줄 알았다. 그런데 그런 집은 비쌌고 무엇보다 에스더와 둘이 지내기엔 너무 컸다. 기본 중에서도 기본이라는 잔디 깎기, 낙엽 쓸기, 눈 치우기를 계절마다 감당할 자신도 없었다. 알아볼수록 거실Living과 식사공간Dining, 주방Kitchen이 통합된 1LDK의 아파트밖에 대안이 없다는 사실이 분명해졌다.

거주지로 정한 곳은 워싱턴 D.C.에서 차로 30분쯤 걸리는 메릴랜드 베서스다Bethesda였다. 아파트가 많은 지하철 역세권이라고 했다. 동네 풍경이 영화에서 보던 교외의 경골목구조[1] 단독주택 단지가 아니라 콘크리트 빌딩 위주일 거라는 의미였다. 미국에도 아파트가 있다는 걸 모르진 않았지만 뭐랄까, 조금 허탈했다. 미국까지 와서도 나는 아파트를 못 벗어나는구나. 하지만 아파트도, 그 안에서의 삶도 한국과 완전히 똑같지는 않았다.

---

1   규격화된 각재(角材)로 틀을 짜고 내·외장재를 덮는 구조.

단지를 뛰쳐나온 아파트: 혼자인 것들의 사회성

4800 Auburn Ave. MD 20814.

오번 애비뉴 4800번지에 자리한 아파트의 첫인상은 마치 '호텔 같다'는 것이었다. 요즘은 호텔이라는 말이 고급스럽다는 의미로는 잘 쓰이지 않아서 비교적 안심하고 그 표현을 쓸 수 있다.

첫 일주일을 호텔에서 보내고 아파트에 입주한 날은 2021년 12월 19일이었다. 호텔에서 아파트까지는 걸어서도 15분이면 충분했지만 그런 거리 감각이 아직 없을 때여서 앱으로 리프트 Lyft를 불러 이용했다. 현금으로 2달러쯤 건넨 팁을 받아든 기사의 당혹스러운 표정을 뒤로한 채[2] 여행자처럼 양손에 이민 가방을 들고 1층 로비에 들어섰다.

컨시어지 데스크 옆으로 푹신해 보이는 안락의자와 커피 테이블이 몇 개 놓였고 그 옆에는 가스 연료를 쓰는 실내용 벽난로가 있었다. 한편엔 공용인 듯한 아이맥 컴퓨터와 복합기도 있어서 가끔 서류 인쇄가 필요할 때 요긴할 듯했다. 그 모습이 프런트와 라운지와 비즈니스 센터가 있는 호텔 로비의 축소판 같다고 생각했다. 자코메티풍 조각상이 줄지어 놓인 복도를 따라 들어가면 바벨은 없고 덤벨만 있는 미니 헬스장이었다. 옆에선

---

2 승차 공유 서비스를 이용하는 게 처음이어서 앱에서 팁까지 지불하는 걸 몰랐다.

호텔을 연상시키는 아파트 복도.

'비빔밥 볼'을 메뉴에 올린 한국인 사장님의 델리도 영업중이었으니 피트니스 센터와 식음료도 구색은 갖춘 셈이었다. 다만 무료한 표정의 직원 하나가 컨시어지에 앉아 있고 택배[3]를 찾으러 오는 입주민이 이따금 나타날 뿐이라는 게 부산한 진짜 호텔 로비와 다르다면 다른 점이었다.

이곳에 올 때마다 떠올린 이미지와 가장 가까운 호텔을 서울에서 찾자면, 남산 신라호텔이나 한강변 워커힐보다는 명동의 어느 비즈니스호텔일 것이다. 객실과 부대시설이 한 건물에 있고 로비에서 출입문을 통과하면 바로 거리로 나서게 되는 호텔. 그런 특징은 단지의 일부가 아니라는 데서 온다. 그러니까 아파트가 호텔 같았다는 말의 핵심은, 시설이 호화롭다거나 세련됐다는 의미라기보다 그게 단지식 아파트가 아니라는 데 있다. 내가 살던 곳도 그렇고 베서스다의 아파트들은 단지를 이루지 않았다. 그게 한국식 아파트와 가장 큰 차이점이었다. 한국에서 아파트는 호실로만 이루어진 여러 동과 별도의 상가 건물이 모여 하나의 거대한 단지를 구성한다. 그런데 베서스다의 아파트는 내가 살던 곳이 그나마 예외적으로 두 동짜리였고 나머지는 거의가 동 하나짜리였다. 우리 아파트도 교차하는 두 도로에 두 개의 동이 각각 면해 있을 뿐 단지의 안과 밖을 구분하는 울타리

---

3 배달되는 택배를 모아뒀다가 주인에게 전달하는 것이 컨시어지의 중요한 업무였다.

같은 건 없었다. 상가동을 따로 거느린 아파트도 본 적이 없다.

이렇게 단지에 예속되지 않은 '홀로 아파트'는 도시와 보다 밀접한 관계를 맺는다. 불완전한 혼자는 살기 위해서라도 사회성을 갖출 수밖에 없는 이치랄까. 홀로 아파트가 약간의 편의시설을 내부에 갖추었다 해도 아파트를 나서지 않고 생활이 가능할 만큼 본격적이지는 않다. 예컨대 우리 아파트엔 호텔을 닮은 1층 로비 말고도 꼭대기 18층에 라운지가 있었다. 가끔 입주민들이 책이나 노트북을 들고 피신하듯 올라왔고, 손님을 집에 들이지 않고 초대하는 장소로도 쓰였다. 거기서 문을 열고 옥상으로 나가면 여름에만 운영하는 미니 풀장과 누군가 사용하는 모습을 한 번도 본 적이 없는 바비큐 그릴 같은 게 있었다. 매일의 생활을 해나가는 데 필수라고 하기는 어려운 것들이다. 그래서 필요한 게 있으면 자주 거리로, 동네로 나가야 했다.

에스더 친구들이 살던 다른 아파트도 5층 내외로 높이가 낮았다는 점을 빼면 대체로 비슷했다. 1층에 상가가 있어도 음식점이나 미용실 같은 가게 두세 곳 정도여서 슈퍼마켓을 비롯한 각종 식료품점, 음식점, 카페, 술집, 세탁소, 문구점, 학원, 병원, 학교, 공원, 체육시설을 아우르는 한국 아파트의 부대시설에 비할 바는 아니었다. 한마디로 베서스다의 아파트는 자족적이지 않았다. 에스더와 나에게 가장 중요한 시설이었던 놀이터가 특히 그랬다. 단지가 없으니 단지 놀이터도 없다. 놀이터는 대표적인 공공재였다. 에스더는 동네 놀이터 여러 곳을 옮겨다니며 놀았다. 그곳에서 같은 아파트, 같은 단지 아이들이 아닌 동네 아이들과 어울렸다.

베서스다에서 차로 20분쯤 걸리는 옆 동네에 사촌동생이 살았다. 한국에서 인터넷으로 아파트를 찾던 때부터 여러모로 도와준 동생은 베서스다를 두고 "분당 같다"고 표현했다. 지역에 대한 감이 전혀 없던 내게 아파트 많은 동네 분위기를 전해주려고 그런 표현을 썼겠지만, 대단지 아파트의 집합체인 분당과 베서스다의 분위기는 전혀 달랐다. 어려운 도시계획 이론을 몰라도 뭔가 다르다는 건 확실히 느낄 수 있었다.

눈에 띄는 단서 중 하나가 아파트마다 입구에 큼직하게 붙여놓은 번지수였다. 단독주택 대문에 붙은 네 자리 번지수와 똑같은 모습이었다. 같은 단지면 번지수도 같은 한국 아파트와 달리, 내가 살던 아파트는 나란히 선 두 동의 번지수가 달라서 각각 입구에 '4800'과 '4850'이라는 숫자가 붙어 있었다. '플래츠Flats 8300'이라든가 '7001 알링턴Arlington' '8001 우드몬트Woodmont'처럼 번지수를 그대로 이름으로 삼은 아파트도 많았다. 아파트는 단지라는 단위로 고립된 도시의 섬이 아니라 가로망 위의 한 점을 차지하는 조금 큰 집이었다. 그래서 아파트에 살아도 '○○마을' '××타운' 같은 폐쇄적 빗장 공동체gated community가 아니라 도시의 주민이라는 느낌을 받았다. 그것은 지역 공동체의 일원이 된다는 느낌이었고, 낯선 외국 생활을 시작하며 소속감이 필요했던 내게 작게나마 위안을 줬다.

한국 아파트 단지 안의 시설은 기본적으로 '주민 전용'이다. 지금 한국의 아파트 단지들은 안으로 상가, 녹지, 학교를 끌어안고 밖으로는 더 높은 울타리를 쌓으며 성채처럼 진화하고 있다. 단지 밖 도시 공간은 그만한 주목을 받지 못한다. 도시마다 '걷고 싶은 거리'를 일부러 조성하는 건 아파트 담장을 따라 걷게 돼 있는 보통의 많은 거리가 그다지 걷고 싶은 곳이 아니기 때문이다. 한국에서 도로명 주소가 여전히 뿌리내리지 못하는 것도 길이 반듯반듯하지 않아서가 아니라 도로망보다 단지라는 독자 영역을 중심으로 공간을 인식하는 감각적 습관 때문이라고 생각한다.

단지식 아파트가 널리 보급된 데는 그만한 이유가 있을 것이다. 그리고 무엇보다 단지식 아파트는 엄연한 한국의 현실이다. 그것이 잘못됐다거나 나쁘다고 말하려는 것이 아니다. 다만 다른 종류의 아파트, 다른 방식의 주거 방식은 상상조차 어려울 만큼 단지식 아파트가 절대적인 위상을 혼자 차지하고 있는 획일적인 상황은 생각해볼 문제다.

홈, 이케아 홈

아파트라는 하드웨어가 달라지니 삶이라는 소프트웨어에도 변화가 왔다. 그 덕에 집의 의미를 다시 생각했다. 집이란 어떤 곳인가. 어떤 곳이어야 하는가. 숨쉴 때마다 공기의 조성組成을 의식하지 않듯, 한국에선 집이라는 공간이 너무 익숙한 나머지 생각해볼 겨를이 없던 문제였다.

집은 우선 안식처이자 피난처였다. 불완전한 영어를 쓰는 이방인이자 여섯 살 아이의 유일한 보호자로서 나는 어딜 가든 약간 방어적인 태세가 되곤 했다. 코로나 이후 늘어난 아시아인 혐오 범죄가 뉴스에 오르내리던 때였다. 한국이었으면 조금 성가시고 말았을 일이 미국이라서 복잡해지는 경우도 있었다. 아직 자동차를 사기 전, 집카Zipcar[4]에 에스더를 태우고 외출했다가 쇼핑몰 주차장에서 차가 먹통이 되는 바람에 도저히 알아들을 수 없는 억양으로 말하는 상담원과 통화하느라 진땀을 뺐던 날이 그랬다. 보내준다는 수리 팀은 기약이 없고 휴대전화 배터리는 떨어져가는데 날이 저물 때의 막막함이란. 언제 무슨 일이 생길지 모르니 어디에서도 마음을 완전히 놓지 못했다. 그러다 집에 돌아와 문을 닫고 자물쇠가 잠기는 소리를 들으면 풍선에서

---

4 자동차 공유 서비스.

바람이 빠져나가듯 맥이 풀렸다. 집밖에서 피곤할 수는 있어도 긴장할 필요는 없던 한국에서는 경험하지 못한 느낌이었다.

그렇게 하루를 보내고 돌아올 때마다 집이 막막한 밤바다에 뜬 729제곱피트(약 20평)짜리 조각배 같다고 느꼈다. 공권력이 그토록 무시무시해도 자기 안전은 자기가 지켜야 하는 모순의 나라에서 집은 마지막 보루였다. 미국 사람들이 총에 집착하는 이유를 조금은 알 것 같았다.

공간을 아름답게 가꾸는 일이 삶의 질에 생각보다 막대한 영향을 미친다는 사실을 실감한 곳도 이 집이었다. 구석구석 손길 닿은 공간에는 애착이 생기기 마련이고, 그렇게 공간을 가꾸는 과정이 삶을 풍요롭게 해준다. 이는 인테리어 잡지에 나올 법한 예쁜 집을 만든다는 것과는 조금 다른 이야기다.

백지상태부터 집을 꾸미는 일은 일종의 숙원이었다. 사회생활을 시작하던 때부터 전전해온 전세 아파트엔 항상 어설픈 유사 유럽풍 샹들리에, 당초문 시트지가 찐득찐득 녹아내리는 붙박이장, 알 수 없는 꽃무늬 벽지 같은 것들이 자리잡고 있었다. 그 자체로 세련되지 못할 뿐 아니라 다른 무엇과도 어울리지 않으면서 존재감은 뚜렷한 것들이었다. 안타깝게도 공간의 분위기는 그 안에 있는 것들 가운데 가장 아름다운 것이 아니라 가장 아름답지 못한 것이 결정한다. 대단히 멋지고 뜬금없는 물건 하나보다 전체적인 미감의 조화가 중요하다. 미를 추구하는 어떤 노력도 무위로 만들어버리는 것들, 못 하나 마음대로 박지 못하는 셋집에서 손댈 수도 바꿀 수도 없던 그것들 앞에서 한숨이 나올 때마다 나는 차라리 이케아로 모든 걸 통일하는 게 낫겠다고 생각하곤 했다.

벽에 무뚝뚝한 회색 페인트를 칠해놓았을 뿐인 미국 아파트를 침대부터 맥주 컵까지 이케아로 채웠다. 고급스러움이나 세련미와는 거리가 멀었지만 나는 그런 집이 마음에 들었다. 당초문과 꽃무늬에서 벗어난 것만으로도 오랜 로망에 근접했다고 느꼈다. 겨우 이케아 가지고 로망을 이야기하기란 서글픈 일이지만 팔든 버리든 1년 뒤에 모든 것을 처분해야 하는 상황에선 '이케아 홈'도 그런대로 로망이 될 수 있었다. 그리고 "집에서의 생활에 대한 열정"을 자랑하는 이케아는 그냥 큰 가구 회사가 아니다. 처음부터 집이라는 공간에 초점을 맞추고, 그곳을 아름답고 쾌적하게 가꾸는 솔루션을 합리적 가격으로 제공한다는 콘셉트가 명확한 기업이다. 맥도널드의 위대함이 최고의 맛이 아니라 전 세계 어디서나 똑같은 평균의 맛을 보장하는 보편성에서 오는 것처럼, 이케아의 위대함도 물건 하나의 장인적 만듦새에서 비롯하지 않는다. 이케아 물건의 의미는 모여서 공간을 이룰 때 비로소 빛을 발한다.

한국 아파트 디자인에서 당연했던 부분이 반드시 당연한 것은 아니라는 사실도 알게 됐으니 바로 조명이었다. 처음 입주

이렇다 할 장식 없는 '이케아 홈'.

한 날 침실에 아무런 조명이 없어서 당황했다. 이케아에서 사
온 플로어 램프를 구석에 놓고 불을 켜니 비로소 사람이 지내는
방 같아졌다. 전등갓을 씌운 램프 불빛은 형광등처럼 노골적이
지 않아서 밝은 곳과 어두운 곳의 조도 차이가 공간을 입체적으
로 만들어주었고 어둠이 은은하게 스민 방은 아늑했다. 형광등
은 환하거나 깜깜하거나 둘 중 하나다. 100퍼센트 아니면 0퍼센
트인 그 방식이 상당히 폭압적이라는 걸 형광등 없는 곳에 와서
깨달았다. 밤에 밖에서 아파트를 봐도 한국처럼 주광색 형광등
을 대낮처럼 환하게 밝혀놓은 집은 보이지 않았다.

마지막으로, 가장 큰 호사는 여유로운 공간 자체라는 걸 깨달

았다. 디자인을 이야기하기에 앞서 공간의 주인은 사람이어야한다는 사실을 처음 써본 빨래건조기가 일깨워줬다. 써본 사람들에게서 들었던 건조기의 장점은 수건을 '호텔처럼' 보송보송하게 말려준다든가, 옷이 안 말라서 외출 못 할 걱정이 사라진다든가 하는 것들이었다. 하지만 내가 보기에 건조기의 진정한 의미는 가뜩이나 비좁은 실내를 잔뜩 널어놓은 빨래가 점령하지 않도록 해준다는 데 있었다. 한국에서 살던 전세 아파트는 거실을 확장하면서 베란다가 없어져서 빨래를 거실에 널어야 했다. 예전처럼 손님을 집에 들이는 일도, 가족이 둘러앉아 함께 TV를 보는 일도 사라져가는 지금, 넓은 거실이 꼭 필요한지는 의문이지만 어쨌든 거실은 한국 아파트에서 거의 유일하게 여유가 있는 공간이다. 그 여유를 조금이라도 더 누리기 위해 적잖은 돈을 들여 베란다 확장 공사를 했을 텐데, 늘어난 공간이 고작 빨래 차지가 된다면 얼마나 허망한 일인가.

집은 무엇으로 완성되는가

집은 결국 사람이었다. 셋이었다가 둘로 살기 시작한 에스더와 나의 집에는, 좀처럼 100퍼센트까지 꽉 채워지지 않는 공백이 있었다. 그 빈자리는 평소엔 잘 느껴지지 않다가도 친척이나 지인들 집에 초대받아 다녀오는 길에 도드라지곤 했다. 그때마다 에스더는 우리도 '저런 집'으로 이사가면 안 되냐고 물었다. 다락방과 지하실, 트램펄린이 있는 뒷마당처럼 그런 집에는 있지만 우리집엔 없는 것들에 대한 아이다운 부러움인 줄 알았는데 그게 아니었다. 초대받아 가는 집에는 보통 우리 말고도 여러 가족이 모였고 에스더 또래를 포함한 사람들이 북적였다. 결국 에스더에겐 어울릴 누군가가 필요했던 것이다.

아빠랑 어울리면 되지 않느냐고 반문할지 모르지만 그건 말처럼 쉽지 않은 일이었다. 원래도 살가운 아빠는 아니었던 나는 에스더와 집에 같이 지내는 저녁 시간에 주로 집안일을 했다. 유일한 양육자로서 1년을 지내려면 내가 지치지 않아야 했기에 에스더가 학교에 있는 동안에는 집안일을 하지 않고 나를 위해 시간을 보낸다는 게 스스로 세운 규칙이었다.

학교에서 돌아와 저녁밥을 차려준 뒤에도 나는 하는 김에 내일 도시락 반찬거리를 손질한다거나 어질러진 주방을 정리한다며 종종거릴 때가 많았다. 그동안 숟가락을 놓은 에스더는 그림을 그리거나 동화책을 읽거나 넷플릭스로 만화를 봤다. 1LDK의 주방은 거실과 트여 있어서 싱크대에 서면 그 모습이 보였다. 〈칩 앤드 포테이토〉나 〈개비의 매직 하우스〉처럼 에스더가 특히 좋아했던 프로그램을 생각하면 지금도 그 주제가 주방에 들려오던 초여름날 저녁 공기의 감촉까지 생생하게 떠오른다.

에스더가 그린 미국 에스더 집과 한국 엄마 집.

　그때의 기억엔 약간의 미안함이 섞여 있다. 양육자로서 부족함이 있더라도 아이에게 죄책감을 갖지 말자고 미국에 온 첫날부터 다짐했지만 오도카니 앉은 아이를 볼 때 미안함은 어쩔 수 없었다. 에스더가 놀이터에서 넘어져 다친다든가 밤에 갑자기 열이 오를 때 같은 비상 상황이 아니라 가장 평범하고 일상적인 무방비의 순간에 미안함이 찾아왔다. 이때의 경험 때문인지 요즘도 에스더 아침을 차리면서 맛있는 반찬을 해주는 것만큼이나 '같이 먹는 것'이 중요하다는 생각을 한다. 아침에 출근 준비까지 하려면 바빠서 실천하지 못할 때가 많은데, 그럴 때마다 왠지 에스더도 밥을 덜 먹는 듯하다고 느끼면서 내가 설거지하는 동안 이케아 의자에 앉아 만화를 보던 아이의 모습을 떠올린다.

에스더가 잠들면 비로소 맥주 한 잔을 들고 베란다에 나가 바람을 쐬었다. 밤하늘에 비행기가 보이면 한국까지 거리를 헤아려보기도 했다. 그럴 때면 아파트 앞 레스토랑 어딘가에서 파티라도 하는지 왁자지껄한 웃음소리가 들려오곤 했다. 혼자였다면 소리가 들려오는 곳으로 밤마실이라도 가볼 텐데. 유일한 보호자가 된다는 것은 아이의 학교가 파한 뒤에는 혼자서 집 밖으로 한 발짝도 나갈 수 없다는 의미였다. 1만 1000킬로미터 밖 한국에서도, 30미터 앞 멕시코 레스토랑에서도 똑같이 먼 곳에 그때의 집이 있었다.

아파트 베란다에서 내다본 풍경.

학교

"Keep Schools Open Safely"

학부모가 되다

아파트에 입주하고 세간살이를 장만하고 자동차를 구입하고 사회보장번호와 운전면허증을 신청하는 일을 하나씩 해나가면서 에스더가 학교에 갈 날을 기다렸다. 혼자 있는 시간이 필요했다. 에스더에게 더 잘해주기 위해서라도 나를 위해 보내는 시간이 필요할 것 같았다. 아이를 위해 모든 걸 쏟아붓지 않아야 역설적으로 아이에게 더 충실할 수 있다.

2022년 새해가 막 시작했을 때 에스더는 베서스다 초등학교 K학년(유치원)에 배정받았다. 미국 기준으로는 학기중이었지만 그곳 아이들이 새 학년 첫날에 한다는 것처럼 이름과 키, 담임 선생님 이름, 장래희망 따위를 적은 종이를 들고 사진을 찍었다. 첫 등교가 예정돼 있던 1월 3일엔 눈이 많이 와서 학교가 문을 닫았다. 적설량이 15센티미터쯤 됐으니 과연 상당한 눈이긴 했지만 아무리 그래도 학교 문을 닫는다는 게 그땐 잘 이해되지 않았다. 사흘째 되는 날, 제설 작업이 아직 마무리되지 않았다는 이유로 원래 등교 시각보다 두 시간 늦춰진 오전 11시가 돼서야 학교에 갈 수 있었다. 에스더에겐 인생 최초로 학생이 된 날이었고 나에겐 처음으로 학부모가 된 날이었다.

처음 등교하는 아이 뒷모습을 보면 짠하다고들 하기에 마음의 준비를 했는데 생각보다 짠하지 않았다. 한고비를 넘겼다

2022년 1월, 폭설로 미뤄진 첫 등교를 기다리는 에스더.

는 게 솔직한 심정이었다. 코로나 팬데믹의 끝이 보이지 않던 시기여서 더 그랬던 것 같다. 한국에서 다니던 유치원은 확진자·접촉자가 나오거나 확산세가 가팔라질 때마다 수시로 온라인 수업으로 전환해서 난감했다. 주변 이야기를 들어보면 학교도 마찬가지라고 했다. 비슷한 상황이 되어 에스더도 나도 집안에 갇혀 지쳐갈까봐 걱정했는데 책가방 메고 교실로 들어가는 모습을 보니 안도감이 밀려왔다. 한 달 가까이 아빠하고만 지내다 새로운 친구들을 만날 생각에 설렜는지 에스더도 조금 긴장하는 기색은 있었지만 생각보다 씩씩했다.

학교라는 이름의 공동체

한국에서 화상 수업이 계속되던 시기에 미국에서는 대면 수업을 진행한 건 단지 '온라인이냐 오프라인이냐'의 갈림길에서 기술적 판단이 달랐기 때문은 아니었을 것이다. 바탕에 더 근본적인 질문이 깔려 있었다. "학교란 무엇인가?"

미국에 오기 전 백악관 웹사이트에 소개된 바이든 행정부의 코로나19 대응 전략을 봤다. 몇 가지 항목 가운데 "학교를 안전하게 계속 운영한다Keep Schools Open Safely"는 문장이 유독 뚜렷하게 기억난다. 그것이 일선 학교나 교육 부처의 실무 지침 수준을 넘어 "백신 접종률을 높인다" 같은 국가적 대원칙과 동등한 차원에서 거론된다는 사실이 놀라웠다. 미국에서 학부모가 돼 보니 이유를 알 것 같았다. 한국에서 학교란 아이들이 공부하는 곳이다. 반면 내가 경험한 미국 학교는 아이들과 가족, 교직원으로 이뤄진 지역 공동체에 가까웠다. 지식은 줌Zoom으로도 전달할 수 있지만 공동체는 온라인만으로 유지하기 어렵다. 학교 문을 닫지 않는다는 선언은 공동체를 보호하겠다는 의지의 표명이었다.

공동체는 상호작용을 통해 성립한다는 점에서 집단과 다르다. 미국에 와서 처음으로 관계다운 관계를 경험한 곳이 학교였다. 입국해서 첫 등교까지 3주 남짓한 기간 내내 사촌동생네 부부를 제외하면 아파트 컨시어지 직원과 마트 계산원만 만나다가 학교에 가서 처음으로 아는 사람이 생겼다.

첫날 씩씩하게 교실로 들어간 에스더는 밝은 얼굴로 하교했다. 아이들을 데리고 나온 담임 선생님이 에스더가 오늘 하루를 잘 보냈고 글씨를 아주 잘 쓴다고 칭찬해주셨다. 그 뒤에 교실 앞 놀이터에서 에스더가 노는 모습을 지켜보며 우두커니 서 있는데 옆에서 누가 말을 걸어왔다. 자기 이름은 잭이고 에스더랑 어울리고 있는 아이는 자기 딸 이브라고 했다. 크리스마스 시즌이 지나면 새 친구가 온다고 선생님이 미리 이야기를 했는지 우리가 한국에서 왔다는 걸 알고 있었다. 아내는 한국에 남아 있고 에스더와 둘이 왔다고 하자 잭은 내 처지를 바로 이해했다. 그때 그가 해준 이야기를 다 알아듣지는 못했지만 "이곳에서 지내는 동안 어려운 일이 생기거나 도움이 필요하면 언제든 알려달라"던 말은 또렷하게 들렸다. 외국인들에게 먼저 다가가 말을 붙이기엔 영어 실력도 짧고 주변도 없어 그때 누구랑 눈이라도 마주칠까 추위를 참으며 앞만 바라보고 있었는데, 인사치레라도 먼저 그렇게 얘기해줘서 무척 고마웠다. 그의 소개로 옆에 있던 애디슨 아빠 저스틴과도 통성명을 했다. 우리 세 아빠는 딸들이 뛰노는 모습을 함께 지켜봤다. 아이들은 첫날부터 스스럼없이 어울렸다. 에스더의 영어가 원활하지 않아도 별문제가 되지 않는 것 같았다. 이브와 애디슨은 에스더가 처음 사귄 친구들이었고 그 아빠들인 잭과 저스틴은 내가 처음 만난 이웃들이었다.

매일 오후 3시 25분이 되면 스쿨버스를 타지 않고 걸어서 통학하는 아이들이 선생님과 함께 건물 측면 출입구로 줄을 지어 나왔다. 담임 선생님은 첫날 에스더를 마중할 장소를 안내하면서 무어랜드 서클Moorland Circle에서 기다리라고 이야기했다. 학교 뒤쪽 주택가에서 교정 안으로 뻗어들어온 길이 교실 바로 옆에서 둥근 고리 모양을 그리며 끝나는 곳이 '서클'인 모양이었다.

그곳에 서서 에스더를 기다리면서 결국 돌아나가야 하는 길

놀이터 앞에서 바라본 저녁의 무어랜드 서클.
자동차가 들어오는 길이 멀리서부터 학교까지 뻗어 들어와 둥글게 원을 그리며 끝난다.
오른쪽에 위치한 학교 교실과 왼쪽의 주택 사이에 철망이나 울타리가 없다.

큰길 쪽으로 난 정문. 학교 간판이 있지만 출입을 가로막는 철문은 없다.

을 왜 그렇게 만들었을지 생각했다. 그런 도로를 컬드색Cul-de-Sac이라고 하며 프랑스어로 '막다른 길'을 뜻한다는 걸 나중에 알았다. 말 그대로 자동차가 통과하지 못하고 되돌아가야 하는 길이다. 이렇게 만들면 그냥 지나쳐가는 차들은 이쪽 길로 들어오지 않아서 교통량이 줄어들기 때문에 주택 단지를 안전하고 쾌적하게 만드는 기법으로 쓰인다고 한다.

실제로 부모들 사이에는 차를 몰고 아이를 데리러 와서 근처 길가에 주차를 하더라도 하교시간엔 무어랜드 서클까지 들어오지 않는다는 암묵적 합의가 있었다. 가끔 청소차와 우편 배달차가 들어오고 딱 한 번 빙수 트럭이 나타나서 아이들을 설레게 했을 뿐, 차가 잘 다니지 않는 무어랜드 서클 주변은 하교시간이면 아이들과 부모들로 북적였다. 부모들은 아이를 기다리면서 스몰 토크에 열중했다. 어느 집 피자가 맛있는지부터 우크라이나를 침공한 러시아의 경제적 노림수에 이르기까지 화제가 무궁무진했다. 영어든 한국어든 말을 할 일이 별로 없던 나도 그곳에서는 더듬더듬 대화에 참여했다. 적어도 스마트폰을 들여다보며 혼자 겉돌지는 않으려고 의식적으로 애를 썼다. '사람들과 잘 어울리지 못하는 아시아인'이라는 스테레오타입이 되고 싶지 않았고 에스더가 그런 아시아인 아빠의 딸이 되는 건 더욱 싫었다.

1년을 지내보고 "미국 학교는 이렇다"고 단언하긴 어렵겠지만, 내가 경험한 에스더의 미국 학교와 한국 학교를 비교해보면 적어도 시설 면에서는 크게 다르지 않았다. 이제 한국 학교도 많이 변했기 때문일 것이다.

한국에 돌아와서 에스더네 교실에 몇 차례 가볼 기회가 있었다. 분필 가루 날리던 칠판 대신 화이트보드가 설치돼 있고, 컴퓨터나 실물화상기 같은 디지털 기자재도 잘 갖춰져 있었다. 식당의 컵 소독고처럼 생긴 상자가 눈에 띄었는데, 학습용 태블릿을 모아서 충전하는 보관함이라고 했다. 내 기억 속 옛날 국민학교 교실처럼 아이들이 일렬로 앉아 교단 쪽을 우러러보지 않고 비교적 수평적인 위치에서 교사와 소통하는 모습도 반가웠다. 에스더에게 물어보니 학생들은 건물 중앙 계단이나 교실 앞문으로 못 다니게 하던 권위적 관습도 이젠 없는 모양이었다. 한국 학교도 많이 발전하고 수평적으로 변했다.

다만 학교 밖의 세상과 관계 맺는 방식에는 양쪽이 차이가 있었다. 한국 학교는 폐쇄적이다. 폐쇄적일수록 좋은 학교라고, 또는 좋은 학교일수록 폐쇄적이라고 여기는 게 아닐까 싶을 정도다. 좋은 아파트의 기준 중 하나가 '초품아'(초등학교를 품은 아파트)인데, 이 말을 뒤집어보면 아파트로 둘러싸여 있어야 좋은 초등학교라는 의미도 된다. 더 정확히 말하면 주위에 아무 아파트나 많이 서 있으면 되는 게 아니라 한 단지의 부속시설로 학교가 자리잡고 있어야 한다. 다른 단지, 다른 동네 아이들과 섞이지 않고 우리 단지 아이들끼리만 어울릴 수 있어야 좋은 학교인 것이다.

물리적으로도 한국 학교는 폐쇄적일 때가 많다. 학교는 거의 예외 없이 철제 울타리로 에워싸여 있다. 교문은 쪽문만 살짝 열어놓거나 접이식 '자바라'(슬라이딩 게이트)를 치고 한두 사람 드나들 틈만 겨우 남겨놓는다. 저녁이 되면 이마저도 완전히 닫는 학교가 많다. 동네 중학교 운동장에서 어두워진 뒤에도 축구를 하던 아이들이 교문이 잠겨버리자 담을 넘어 학교 밖으로 나오는 모습을 본 적도 있다.

'외부인 출입 금지'나 '24시간 CCTV 녹화중' 같은 문구가 교문에 붙기도 한다. 이런 것들이 드나드는 발길을 멈칫하게 만든다. 한국에 온 뒤로도 가끔씩 하교하는 에스더를 마중 나가는데 매번 울타리 밖에 서서 아이들이 나오는 길목을 바라본다. 학교 안에 발을 들이면 왠지 무단 출입자가 되는 기분이 든다.

건축을 취재하다보면 한국 학교 공간에 대한 이야기를 자주 듣는다. 의외로 가장 보수적이고 획일적인 공간이 학교라고들 말한다. 구체적으로 말하면 '막사-사열대-연병장'으로 이루어진 병영과, '교사校舍-조회대-운동장'으로 이어지는 학교가 예나 지금이나 전국 어디를 가나 신기할 정도로 똑같다는 뜻이다. 운동장 넓이와 교실 수가 다를 뿐 학교를 짓는 방법은 동일하기 때문에 학교를 '디자인'한다는 생각은 우리에게 낯설다. 우리에게 익숙한 건 천막 교실에서도, 콩나물시루 교실에서도 잘만 공부했다는 형설지공의 서사다.

그러나 학교 공간 역시 하나의 메시지다. 이를 지적한 CNN은 「학교로 돌아가기: 세계에서 가장 똑똑한 교육 센터의 디자인 수업Back to school: Design lessons from the world's smartest education centers」(2017. 9)이라는 기사에서 좋은 학교 디자인의 요건을 제시했다. 그중 베서스다 초등학교를 떠올리게 했던 요소가 '지역 사회와의 연결Connect to the coummunity'이다. 체육관이나 강당 같은 학교 시설을 주민들에게 개방해 지역 사회의 구심점 역할을 해야 한다는 것이다.

에스더네 학교에서는 일요일마다 센트럴 팜 마켓Central Farm Markets이라는 장이 섰다. 에스더가 다니게 될 학교를 한국에서 구글맵으로 미리 살펴봤을 때 농산물 장터가 학교 위치에 표시됐길래 오류인 줄 알았다. 그러나 그것은 오류가 아니라 추수감사절 연휴만 빼고 날씨와 상관없이 연중 문을 여는 어엿한 주말 시장이었다. 모든 물건이 토산품이라고 할 정도는 아니었으나 지역의 작은 양조장에서 빚는 맥주와 위스키, 미드mead(벌꿀 술)처럼 마트에 없는 물건도 판매해 구경하는 재미가 꽤 쏠쏠했다.

학교에 시장이 서는 이유가 그만한 터가 없어서는 아니었을 거다. 교정을 메운 천막 사이를 걸으면 어려서 할머니 따라 가본 오일장의 활기 같은 게 느껴졌다. 반면 학교가 방수 공사에 들어간 여름방학 동안 장터가 시내 공영 주차장으로 자리를 옮겼을 때 그런 분위기가 나지 않았다. 주차장에서 열리는 장에는 물건을 사고파는 상행위가 있을 뿐이었다. 하지만 학교에는 피크닉 테이블에 앉아 트럭에서 갓 구워낸 피자를 먹는 가족들이 있었고, 놀이터와 농구장에서 뛰어노는 아이들이 있었고, 운동장에서 열리는 리틀 야구팀 경기를 구경하는 사람들이 있었다. 동네 소풍날 같은 풍경이었다.

이 학교를 지은 사람들은 학교가 '지역 사회를 향해 열려 있다'는 생각을 공간에도 담으려고 했던 것 같다. 우선 교문에 한국에서 흔히 봤던 돌기둥이나 육중한 창살문 같은 것을 세우지 않았다. 차가 많이 다니는 큰길 쪽으로는 안전을 위해 펜스를 쳤지만 학교 뒤 주택가 쪽으로는 울타리도 무엇도 없어서 교실을 나서면 바로 동네였다. 그 동네를 지나온 길이 학교까지 들어와 그려낸 동그라미(무어랜드 서클)가 마치 기차의 커플러 같다고 생각했다. 커플러는 기차의 차량과 차량을 이어주는 연결기로, 객차가 분리되지 않도록 단단히 연결해주지만 곡선 구간이나 경사지를 통과할 때 상하좌우로 움직이도록 어느 정도 여유가 있게끔 디자인한다. 무어랜드 서클은 학교와 동네라는 서로 다른 세계를 견고하면서도 약간은 느슨하게 결속하는 연결기처럼 보였다.

경험을 공유하며 이웃이 된다

걱정했던 것과 달리 처음 며칠간 에스더는 학교에서 울지 않았다. 아이의 적응력이 남다른지도 모른다는 기대감을 잠시 품었으나 착각이었다. 그 시기의 에스더에겐 울 여유조차 없었다고 하는 게 정확한 표현일 것이다. 일주일쯤 지나자 학교가 무섭다며 우는 날들이 시작됐다. 가만히 이야기를 들어보면 선생님이나 학교가 딱히 엄격한 것 같지는 않았고, 보육 아닌 교육을 외국에 와서 처음 경험한 데서 오는 이중의 스트레스 때문인 듯했다. 잠에서 깨면 학교 갈 생각에 울고 잠자리에 들면서 내일 학교 갈 생각에 또 울었다. 그런 아이를 어르고 달래다 참지 못하고 큰 소리를 내던 일은 지금 생각해도 아쉽고 부끄러운 기억이다.

학교가 재미있다고 말한 것은 두어 달쯤 지나서였다. 점심 도시락이 학교생활 적응도의 바로미터였다. 처음에 매일 울던 때에는 뭘 싸줘도 깨끗하게 비웠다. 일종의 생존 본능이었을 것이다. 그 단계가 지나 조금 여유가 생기니 밥을 남기고 반찬을 가리기 시작했다. 도시락에 밥을 담을 때마다 어쩐지 적은 듯해서 한 술을 더하며 "한 번은 정이 없다"던 어린 시절 할머니 말씀을 떠올리곤 했는데, 나중에 열어보면 에스더는 딱 더 얹어준 그만큼을 남겨오곤 했다. 1학년으로 올라간 가을부터는 가끔이긴 해도 급식을 먹었다. '오더링 런치ordering lunch'라고 하던 급식은

46

미국식으로 부실한 고열량 저영양 메뉴가 대부분이었지만 미국 아이들처럼 먹고 싶다고 생각할 만큼 친구들 사이에 녹아들었다는 의미 같아서 다행스러웠다.

학교에 비교적 빨리 마음을 붙인 것은 학교가 기본적으로 즐거운 곳이기 때문이다. 학교생활은 끝없는 이벤트의 연속이었다. 새 학기 피크닉, 가족 대항 달리기 '펀 런', 클래스 소셜(학기 초 주말에 학급 친구들이 같이 놀면서 얼굴을 익히는 자리), 스케이트의 밤, 댄스의 밤, 영화의 밤, 북페어…… 매주 한 번꼴로 돌아오는 게 아닌가 싶을 정도로 행사가 많았다. 대부분 PTA(학부모-교사 협의체)에서 주관했고 학급별로 부모들이 자발적으로 마련하는 자리도 있었다. 주인 의식이라는 표현은 너무 거창하지만, 이런 행사들이 학교생활에 능동적으로 참여하고 있다는 자각을 일깨워줬다. 솔직히 귀찮을 때도 있었다. 그래도 부모들이 주축이 되기 때문에 학교 행사에 불려다닌다는 기분은 들지 않았다.

처음엔 학교에서 이런 행사를 한다는 게 이상했다. 학교생활이 즐거운 건 좋은데 대체 공부는 언제 하나? 시간이 지나면서 공부는 언제 하느냐는 그 질문이야말로 '학교는 아이들 공부하는 곳'이라는 한국적 전제에서 비롯한다는 걸 깨달았다.

그런 행사가 없었다면 에스더는 학교가 두려운 날들을 더 오래 보내야 했을 것이다. 나 또한 에스더가 누구와 친하게 지내는

지, 친구들과 함께 있을 땐 어떤 이야기를 나누고 어떤 표정을 짓는지 알기 어려웠을 것이다. 모국어와 인종이 달라도 아이를 같은 학교에 보낸다는 공감대를 가진 부모들과 안면을 트고 이야기 나눌 기회도 없었을 것이다. 댄스파티 날 이브네 엄마가 쭈뼛거리는 에스더 손을 잡고 무대로 이끌어줬을 때, 클래스 소셜에서 얼굴을 익힌 엘리자베스네 엄마를 나중에 놀이터에서 우연히 만나 아이 키우는 어려움을 나눴을 때 나는 학교 공동체의 일원이 됐다고 느꼈다. 학부모 채팅방에서 대화명으로만 스쳐 갔을 수도 있는 사람들이 직접 학교 행사에 참여하면서 같은 경험과 기억을 공유하는 이웃이 된다. 학교가 아니었다면 한국 사람이 별로 없는 동네에서 나의 생활은 훨씬 외로웠을 것이다.

집을 제외하면 가장 긴 시간을 보내고 가장 자주 간 곳이 학교다. 그런 장소에는 애착이 생긴다. 언제부턴가 나도 학교를 편안하고 정감 어린 장소로 여기게 됐다. 학적부에 등록된 학생은 에스더였지만 베서스다 초등학교는 나의 학교이기도 했다.

마지막으로 등교했던 날을 쉽게 잊지 못할 것 같다. 비행기 시간 때문에 에스더를 조금 일찍 데리러 가서 조퇴 신청을 하고 잠시 기다리고 있으니 "굿바이 에스더!"라고 외치는 아이들 목소리가 들려왔다. 짐을 챙겨 교실을 나서는 친구를 향한 작별 인사였다. 정말 이제 마지막이라는 실감이 그때 들었다.

첫날 예상보다 씩씩했던 에스더는 마지막날에도 생각보다 덤

덤했다. 그러나 1년 동안 울고 웃었던 곳인 만큼 아이의 작은 마음에도 그 나름의 소회가 있었을 것이다. 마지막으로 학교를 떠나오던 날 에스더와 나는 건널목에서 나란히 학교를 돌아봤다. 기분이 어떠냐고 묻지는 않았다. 대답할 말을 찾기 어려울 테니까. 다만 슬프다거나 아쉽다는 말로는 충분히 표현되지 않는, 형언하기 어려운 그 감정을 에스더가 오래 기억하면 좋겠다고 생각했다.

위 스승의 날에 설치된 조형물.
아래 강당에서 열린 댄스 나이트.

학기초 행사인 스쿨 피크닉.
아이들과 가족들이 교정에 모여 각자 준비한 음식을 먹는다. 이날은 피자 트럭이 학교에 온다.

일요일마다 주차장에서 열리는 '센트럴 팜 마켓' 시장.

다이너

고향의 맛보다도 포근한

번듯한 레스토랑은 아니었지만

테이스티 다이너Tastee Diner는 궁금하면서도 들어가자니 어쩐지 망설여지는 식당이었다. 동네 다른 레스토랑처럼 통유리창으로 내부가 훤히 보이지도 않고 깔끔한 상점가에 입점한 것도 아니었으며, 노천 테이블이 거리를 메우는 날씨 좋은 계절에도 테이블을 밖에 내놓지 않았다. 나름대로 글씨에 멋을 부린 듯한 간판은 빛이 바랬고 가뜩이나 작은 출입문은 포치porch(건물 입구에 지붕을 갖춰 잠시 비바람을 피하게 만든 곳)에 천막을 둘러쳐 잘 보이지 않았다. 즉 그 식당은 번듯하지 않았다. 그런 곳에 들어가려면 약간의 용기가 필요하기 마련이다. 다양한 나라에서 온 사람들이 모여 사는 지역이라 베서스다의 레스토랑 역시 국적이 다채로운 편이었으나 에스더가 외식 메뉴는 쌀국수와 파스타만 찾아서 동네 식당 탐방은 주로 점심에 혼자 했는데, 웬만한 데는 한 번씩 가봤다 싶을 때까지도 이곳은 미해결의 과제로 남아 있었다.

근처에 살면서 가끔 와봤다는 사촌동생의 추천을 받고 용기를 냈다. 1935년부터 워싱턴 D.C. 일대에서 지점 세 곳을 영업해왔다니 업력이 상당한 노포였다. 식당이 소개된 옛 신문과 그동안 거쳐간 사람들의 사진이 벽에 붙어 있었다. 팬케이크부터 시작해 없는 것 빼고 다 있는 식당이었다. 옥호屋號를 '맛집'이라

도로를 막고 거리에 테이블을 펼치는 베서스다 스트리터리Bethesda Streetery.

고 내세운 자신감만큼 대단하진 않은 음식맛이었다. 냉정하게 말하면 같은 메뉴여도 다른 집보다 살짝 가벼운 음식값 딱 그만큼의 맛이라고도 할 수 있었지만 나는 맛보다도 그곳의 분위기가 좋았다. 그릴 위에서 지글지글 익어가는 쇠고기 패티 냄새, 그릇 부딪는 소리와 손님들의 낮은 말소리가 뒤섞인 그곳은 오래됐을지언정 누추하지 않았고 사람의 마음을 편안하게 해주는 무언가가 공기에 감돌고 있었다.

정겹고 편안한 아메리칸 노포

"바 오어 부스?Bar or Booth?"

문을 열고 들어가면 사장님이 이렇게 물었다. 바와 테이블 중에 어디 앉겠느냐는 질문이었다. 폭이 좁고 가로로 길쭉한 건물 모양대로 실내를 가로지르는 긴 카운터(바) 뒤에서 셰프보다 주방장이라는 이름이 어울릴 법한 요리사들이 분주하게 움직였다. 카운터에 앉은 사람들처럼 요리사들과 스스럼없이 농담을 주고받을 자신이 없어서 항상 테이블 자리에 앉았다. 창가에 줄지어 고정된 테이블엔 주크박스가 있었다. 동전을 넣으면 플라스틱 케이스 안에 적혀 있는 〈Y.M.C.A.〉나 〈호텔 캘리포니아〉 같은 노래가 정말로 흘러나올지 궁금했으나 시도해볼 엄두는 차마 내지 못했다. 비닐 시트가 깔린 의자의 바닥은 푹신했지만 그에 비해 나무 등받이는 그냥 널빤지에 가까워서 편하게 몸을 기대기에는 너무 판판하고 딱딱했다. 부스는 밀폐된 공간은 아니지만 높은 등받이가 테이블과 테이블 사이의 칸막이를 겸하고 있어서 부스라는 이름이 어울렸다.

그 광경이 기차의 식당칸 같다고 생각했다. 식당칸에서 식사해본 경험이 없는 사람에게도 기차 식당칸 하면 떠오르는 어떤 이미지가 있다. 실제로 다이너를 사전에서 찾아보면 식당칸을 닮은 레스토랑이라고 나온다. 시초는 19세기 후반 마차에 음식을 싣고 다니며 팔던 간이식당이었다. '런치 웨건lunch wagon'이란 이름으로 불렸다고 한다.

곧 식당을 운영하는 수준을 넘어 식당을 만들어 파는 사람이 나타났다. 이동식 간이식당이라는 '제품'이 등장한 것이다. 철도가 그걸 미국 전역으로 실어날랐다. 자연히 다이너는 기관차에 매달려 이동할 수 있도록 좁고 긴 모양을 하거나 아예 기차 식당칸처럼 만들어졌다.[1] 은빛 금속성 재료와 부드러운 유선형 같은 다이너 디자인의 특징이 20세기 초반에 열차 디자인의 영향을 받아 형성됐다. 유려한 곡선미로 현대성을 드러내고자 했던

---

1 Ewbank, A, (2018, August 3), Why So Many Diners Look Like Train Cars, atlasobscura.com, https://www.atlasobscura.com/articles/why-do-diners-look-like-trains

유선형 모던streamline moderne 스타일이다. '스트림라이너stream-liner'는 다이너의 황금기였던 1930년대 전후의 유선형 열차를 가리키는 이름이기도 했으니 다이너의 탄생과 철도 디자인의 밀접한 관계를 짐작할 수 있다. 쇼핑몰이나 공항 푸드코트까지 다이너 체인점이 진출한 요즘도 철도라는 태생에서 비롯한 조형미는 여전히 다이너의 상징으로 남아 있다. 시간이 지나며 호마이카 테이블, 비닐 시트를 씌운 의자, 체스판 무늬의 타일 벽 같은 요소가 다이너의 디자인 코드로 자리잡았다. 벽에 빨간 타일이 붙은 테이스티 다이너도 이런 코드에 대체로 들어맞았다.

미국이 자동차 사회가 된 뒤로 다이너는 국도변 대중식당을 가리키기도 한다. 최초의 다이너가 움직이는 식당이었다면 요즘 다이너는 차를 타고 이동하는 손님들이 많이 찾는 식당을 뜻한다. 이런 다이너들은 멀리서 차로 접근하는 운전자의 시야에 쉽게 포착되도록 커다란 간판을 세워놓고 영업한다. 기차든 자동차든 '움직인다'는 것이 다이너라는 공간 정체성의 키워드다. 푸드 트럭, 스낵 카, 포장마차처럼 이동을 염두에 둔 다른 종류의 식당과 마찬가지로, 다이너의 음식은 싸고 빠르고 간편한 것들이다. 찬찬히 음미하는 정찬은 다이너에는 어울리지 않는다.

뉴욕 FIT(패션공과대학교) 박진배 교수가 조선일보 '공간과 스타일' 코너에 연재한 「미국의 밥집 '다이너'」 칼럼에 따르면 다이너는 패스트푸드 체인처럼 미국에서 시작해 세계로 퍼져나간 레스토랑들과 달리 "미국에만 있고 다른 나라에는 없는, 미국 외에서는 존재 의미가 어정쩡한 식당"이라고 한다. 미국적인 것은 대개 세계적이지만 모든 미국적인 것이 세계적이지는 않다. 다이너를 가장 미국적인 레스토랑으로 보는 데는 다이너가 광활한 영토의 혈관인 장거리 철도·도로망과 함께 발달해온 식당이라는 이유도 있을 것이다. 여기서 비롯하는 '부담 없음'은 다이너의 가장 중요한 특징이다.

다른 레스토랑과 비교해보면 그런 다이너의 특징이 보다 선명하게 드러났다. 동네 레스토랑에 드나들면서 특이하다고 느꼈던 점은 작고 평범한 식당에도 다양한 주류를 갖춘 바bar가 많다는 사실이었다. 베트남, 멕시코, 인도, 쿠바, 태국, 레바논, 에티오피아 식당 모두 바가 있었다. 이런 레스토랑에서는 대개 늦은 오후부터 이른 저녁 사이 시간에 술값을 할인해주는 해피 아워happy hour를 운영했고 초저녁부터 흰 천이 깔린 테이블을 차지하고 앉아 칵테일이나 맥주, 와인을 홀짝이는 사람들을 자주 볼 수 있었다. 점심은 공원 벤치에 앉아 샌드위치나 밀폐용기에 담아온 샐러드로 해결하더라도 레스토랑에 가면 반주를 곁들여 전채와 디저트까지 맛보면서 느긋하게 즐기는 것이 미국의 외식 문화 같았다. 그곳에서 외식은 밥하기 귀찮을 때 간단히 때우는 일이 아니라 특별하고 근사한 이벤트처럼 보였다.

한국에선 설렁탕 한 그릇, 파스타 한 접시를 주문해 먹으면 1인분 식사가 끝난다. 미국에서는 자리에 앉자마자 웨이터가 마실 것은 뭘로 할지부터 묻는다. 그러면 하다못해 탄산수라도 주문하고, 거기에 메인 요리를 시키곤 했다. 애피타이저나 사이드 메뉴를 추가하고 디저트까지 따로 주문하는 사람들도 많았다. 스테이크나 해산물 메뉴처럼 호화로운 음식을 주문하지 않더라도 에스더와 둘이 외식하면 50달러(약 6만 5천 원)는 금방이었다. 그러니 외식을 자주 할 수 없고, 자주 할 수가 없으니 모처럼 외식할 때는 돈을 쓰더라도 제대로 먹는 문화가 미국에 자리잡은 게 아닐까. 하지만 한국으로 치면 국밥집이나 백반집, 아니면 분식집 정도에 해당할 다이너는 그렇게 부담스럽지 않았다. 여기서도 메뉴판을 들고 온 종업원이 마실 것부터 묻긴 했지만 2달러쯤 하는 커피 한 잔이면 충분했다. 잔이 비면 커피메이커 주전자를 들고 와서 지체 없이 채워주었고 어디 박스째로 쌓아놓고 집히는 대로 가져다주는지 기내식처럼 1회분씩 포장된 커피크림을 테이블에 수북하게 놓아주기도 했다. 그런 세심한 무심함이 좋았다.

커피를 홀짝이면서 메뉴판을 살핀다. 가장 전통적인 다이너는 24시간 영업이었지만 테이스티 다이너는 오전 6시에 문을 열어 밤 10시에 닫았다. 그래도 오전 11시에 점심 장사부터 시작하는 다른 식당들에 비하면 영업시간이 길어 그에 어울리게 아침식사용 토스트와 오믈렛, 점심거리로 샌드위치나 햄버거, 든든한 저녁 메뉴인 로스트비프와 프라이드치킨까지 다 갖추고 있었다. 주류를 취급하는 다이너도 있다고 들었는데 이곳에선 술은 팔지 않았다. 대신 다이너의 대표 음료라는 밀크셰이크가 있었다.

요즘 한국 식당에 키오스크가 있다면 미국 식당엔 주문·결제 페이지로 이어지는 QR코드가 있다. 그러나 번화가의 이른바 트렌디한 레스토랑처럼 메뉴판 대신 QR코드 찍힌 종잇조각만 테이블에 달랑 놓아두는 건 다이너에선 상상할 수 없는 일이다. 테이스티 다이너의 웨이트리스 아주머니들은 QR코드 따위가 무슨 대단한 신기술이라도 되는 양 "주문하는 법 아세요?" 하고 묻지 않았다. 지금까지 그래왔고 앞으로도 그럴 것이라는 듯 힘찬 손길로 주문 내역을 쪽지에 적어넣을 뿐이었다. 의사의 차트처럼 흘려 쓴 글씨는 메뉴를 훤히 꿰고 손님이 부르는 대로 받아 적을 수 있는 숙련의 상징이었다. 젠체하지 않고 애써 최첨단을 지향하지도 않는 한결같음에 왠지 마음이 놓였다. 혼자 갈 때는 몰랐는데 다이너는 에스더 같은 어린이 손님에게 색칠공부 도안과 크레용을 내주는 키즈 프렌들리 레스토랑이기도 했다.

해리와 샐리는 왜 다이너에서 만나는가

가장 유명한 다이너를 하나 꼽으라면 아마 에드워드 호퍼의 1942년작 〈밤을 지새우는 사람들〉에 나오는 뉴욕의 다이너일 것이다. 늦가을 뉴욕 여행길에 휘트니미술관에서 앞으로 평생 보게 될 것보다 더 많은 호퍼 그림을 봤는데 이 그림은 보이지 않았다. 시카고미술관에서 소장하고 있다는 사실을 모르고 전시장 어느 구석에서 짠 하고 나타나기를 은근히 기대했으나 끝내 만나지 못했다. 대신 이 그림을 위한 스케치 습작이 있어 한참 바라봤다. 음소거된 세계를 보는 듯한 특유의 분위기는 덜했지만 화가의 손길이 더 가까이 느껴져서 반가웠다. 호퍼는 인적 없는 거리에 불을 밝힌 새벽의 다이너에서 익명의 도시인이 느끼는 고독을 봤던 것 같다. 시카고미술관에서 제공하는 교사용 지도안에 따르면 호퍼는 "고독의 상징을 의도적으로 작품에 차용하지 않았다"면서도 "무의식중에 대도시의 고독을 드러냈을 수는 있다"고 말했다 한다. 지도안은 이 그림에 다이너의 출입구가 드러나지 않았다는 점에도 주목한다. 다이너는 외부의 거리로부터, 또 관찰자의 시선으로부터 완벽하게 차단된 공간이다. '맨해튼 그리니치 애비뉴의 두 거리가 만나는 곳'의 레스토랑에서 영감을 받은 작품으로 알려져 이 다이너의 실제 모델을 찾기 위해 여러 사람이 노력을 기울였지만 결국 특정되지 않았

주크박스와 양념통이 있는 테이스티 다이너의 테이블. 딱딱한 나무 등받이가 테이블과 그 뒤의 테이블을 나누는 칸막이 역할을 한다.

다. 모든 것이 낱낱이 드러나지 않는 편이 좋을 때도 있다. 호퍼의 다이너도 구체적인 현실의 시공간을 초월한 장소로 남아 있는 쪽이 나을 것이다.

다이너가 뿌리내리지 못하고 부유하는 사람들만의 공간은 아니다. BBC는 「다이너가 미국의 궁극적 상징인 이유Why the Diner is the Ultimate Symbol of America」(2011.11)라는 기사에서 『아메리칸 다이너의 과거와 현재』 저자 리처드 구트먼의 발언을 인용했다. "이 '민주적'인 카운터의 특징은 교수든 노동자든 누구나 앉을 수 있다는 점이다." 그래서 다이너는 영화에서 이질적인 존재가 만나는 중립지대로 자주 묘사된다. 샘 멘데스 감독의 〈로드 투 퍼디션〉(2002)에는 살인자와 도망자와 경찰관이 다이너라는 한 공간에서 식사하는 장면이 나온다. 한자리에 모여 앉은 건 아니지만 식당칸 다이너는 건너편 테이블에 앉은 상대 얼굴에서 흘러내리는 땀방울이 선명히 보일 만큼 좁아서 인물 사이의 긴장감은 팽팽하게 유지된다. 제목이 암시하듯 파국을 향해 가는 여정 자체가 주제인 이 영화에서, 국도변의 허름한 다이너보다 적격인 배경을 찾기도 쉽지 않았을 것이다.

롭 라이너 감독의 〈해리가 샐리를 만났을 때〉(1989)에서는 음식 주문하는 방식부터 정반대인 남녀가 다이너에서 만난다. 해리가 "3번 메뉴 주세요"라고 주문한 반면 샐리의 주문은 좀더 복잡했다. "주방장 특선 샐러드 주세요. 오일하고 식초는 따로 주시고 아이스크림이랑 같이 나오는 애플 파이도 주세요. 파이는 따뜻하게, 아이스크림은 위에 얹지 말고 옆에 따로 주시고 바닐라 말고 딸기맛이 있으면 그걸로 주세요. 없으면 아이스크림은 됐고 휘핑크림만 주시면 되는데 진짜 크림이어야 돼요. 깡통에 든 크림이면 그냥 파이만 주세요. 데우지 말고."

다이너는 가장 보통의 사람들이 드나드는 가장 평범한 공간으로 등장하기도 한다. 톰 크루즈의 〈탑건: 매버릭〉(2022) 초반부에서 매버릭은 개발중인 전투기를 몰고 음속 10배를 돌파해 비행하다가 추락한다. 만신창이가 된 그가 들어선 곳이 이름 모

를 동네 다이너였다. 웨이트리스가 들고 있던 물을 단숨에 들이
켜고 "여기가 어디냐"고 묻는 그에게 시리얼을 퍼먹던 꼬마가
"지구earth"라고 대답한다. 최첨단 비행 슈트를 입고 극초음속
비행을 하다 구사일생한 매버릭이 외계인만큼 낯선 존재라면,
동네 사람들이 긴 바에 나란히 앉아 밥을 먹는 다이너는 그 이
질성을 극명하게 부각시키는 일상의 공간이다.

장소라는 보편적 언어

베서스다의 테이스티 다이너도 동네 사랑방 같은 분위기였다.
주말 아침 가족들이 느지막이 브런치를 먹으러 왔고, 배고픈
학생들이 허기를 채우러 몰려들었다. 연세 지긋한 손님들이 직
원들과 서로를 이름으로 부르며 어울리는 모습을 보면서 그들
이 메뉴판에 있는 '55세 이상 시니어 메뉴'를 주문했을지 궁금
했다.

　나는 그중 어느 부류에도 속하지 않았지만 다이너에 앉아 있
으면 편안해지곤 했다. 흔히 외국에서 한국 음식을 먹으며 향수
를 달랜다고들 하는데 낯선 곳에서 지내는 이의 마음을 어루만
지는 것이 미각만은 아니다. 김치전과 제육볶음이 꽤 괜찮았던
동네 한국 식당은 한 번 다녀온 뒤로는 다시 찾지 않았다. 그 집

은 점심 영업을 하지 않았고 어둑한 실내 분위기도 어쩐지 무겁게 느껴졌다. 반면 다이너에는 여러 번 갔다. 이곳에서 좀더 오래 지낸다면 단골이 될 수도 있을 거라고 생각하면서.

좋은 레스토랑을 우리는 맛집이라고 부른다. 멀어도, 줄이 길어도, 주차와 화장실이 불편해도, 심지어 주인 할머니가 욕쟁이여도 맛이 좋으면 찾아간다. 맛은 물론 중요하지만 그것이 레스토랑의 전부는 아니다. 레스토랑에 간다는 것은 총체적인 경험을 의미한다. 장소가 주는 느낌은 맛 못지않게 보편적인 언어이며 분위기는 때로 고향의 맛보다도 포근할 수 있다. 테이스티 다이너의 비닐 시트 의자에 앉아 팬케이크에 시럽을 듬뿍 끼얹어서 먹으며 그 사실을 깨달았다.

뒷면에 'Pay at counter'[2]라고 적힌 주문서를 들고 자리에서 일어섰다. 테이블에 앉은 채로 계산을 부탁해야 하는 다른 레스토랑과 달리 웨이터에게 간절한 눈빛을 보낼 필요 없이 떠나고 싶을 때 언제든 일어설 수 있는 곳이 또한 다이너였다.

---

2 미국 레스토랑에서 계산할 때는 보통 테이블에서 계산서를 받은 뒤, 신용카드나 현금을 내면 웨이터가 가져다가 결제하고 영수증이나 거스름돈을 다시 가져다준다. 반면 다이너나 일부 캐주얼한 식당에서는 한국처럼 테이블에 놓아둔 계산서를 가지고 나가면서 바로 계산하기도 한다.

슈퍼마켓

이제는 돌아와 대파 앞에 선

K보다 한국적인 H

SINCE 1982. 흰색 H마트 비닐봉투를 받아들 때마다 그 문구에 눈길이 갔다. 이 한국 슈퍼마켓이 내가 태어난 1982년에 처음 문을 열었다고 생각하면 반가웠다. 그해에 내가 한국에서 태어나 자라는 동안, 같은 해 뉴욕 퀸스에서 개업한 '한아름'도 세계화의 물결 속에 상호를 'H MART'로 바꿔가며 가장 대표적인 한인 슈퍼마켓(한국의 대형 마트)으로 성장해왔을 것이다.

자주 다녔던 H마트는 집에서 30분쯤 걸리는 휘턴Wheaton에 있었다. 한인이 많이 사는 지역이 아니어서인지 근동 다른 지점에 비하면 살짝 낡고 작다고 느꼈다. 입구에 들어서면 바로 제과점이 있었는데, 그곳에선 어려서 생일에 먹었던, 왠지 '케잌'이라고 써야 할 것만 같은 케이크를 팔았다. 기억 속 1980년대 한국이 생각나는 광경이었다.

휘턴 도서관 사거리를 지나면 멀리 H마트가 보였다. 넓은 앞마당 같은 주차장엔 여느 미국 마트와 다르게 후진으로 세워놓은 차들이 많았다. 차를 그렇게 대면 트렁크가 뒤에 위치해 짐을 싣기가 불편해지는데도 나는 몸에 밴 대로 늘 그렇게 주차를 하고 뒤늦게 후회하곤 했다. 후진 주차를 해놓은 다른 사람들도 마찬가지였을 것이다. 전진 주차를 예사로 할 만큼 넓은 주차장이 흔치 않은 곳에서 운전을 익힌 한국인의 습성은 주차장이 넓은 나라에 와서도 사라지지 않는 것이다. 입구에 붙은 '365일 영업' 안내 앞에선 조금 숙연해졌다. 그것은 미국 슈퍼마켓이 문을 닫는 성탄절이나 추수감사절에도 어김없이 하루치 매상을 올렸을 한국식 근면성실의 징표였고, 미국에서 지내는 1년 동안 보스턴 근교 벌링턴 H마트 푸드코트에서 딱 한 번 봤던 진동벨은 지체와 착오를 용납하지 않는 한국식 신속정확의 상징이었다. H마트는 꼭 김치를 팔아서만이 아니라 여러 의미에서 한국적인 것의 총체였다.

현대인이 먹을거리를 얻는 곳

프랑스의 미식가 브리야사바랭은 "당신이 무엇을 먹는지 말해 달라. 그러면 당신이 어떤 사람인지 말해주겠다"고 말했다. 먹을거리가 곧 정체성이다. 그런데 먹을거리는 어디에서 얻는가. 대개 슈퍼마켓에서 얻는다.

미국에 초창기 슈퍼마켓이 등장한 것은 1930년대 들어서다. 그때까지 빵이 떨어지면 빵집에, 고기가 필요하면 정육점에 가서 원하는 걸 카운터에 이야기하고 점원이 물건을 내오기를 기다려 셈을 치르는 방식으로 식료품 쇼핑이 이뤄졌다. 소비자가 상품의 가격을 낱낱이 알기 어렵고 서비스는 비효율적이었다.

반면 여러 매장을 한곳에 모으고 물건을 대량으로 유통하는 슈퍼마켓에서 소비자는 편리하고 싸게 식료품을 구할 수 있었다.

「소비자의 사원The Consumer's Temple」(2009.5)이라는 포브스 기사는 슈퍼마켓의 탄생과 혁신을 자세히 보여준다. 슈퍼마켓의 원조를 자처하는 유통업체가 미국 전역에 여러 곳 있지만, 기사에 따르면 슈퍼마켓의 아이디어를 처음 제시한 인물은 마이클 J. 컬런이다. 일리노이주의 크로거 식료품점 직원이었던 그는 1930년 경영진에게 편지를 보내 "괴물같이 큰" 매장을 열자고 제안한다. 단순히 크기만 큰 매장이 아니라 매장의 80퍼센트를 셀프서비스 방식으로 운영한다는 구상도 포함돼 있었다. 셀프서비스를 처음 도입했다는 식료품점은 1916년 테네시주 멤피스에 문을 연 피글리 위글리Piggly Wiggly[1]지만, 컬런 역시 점원이 골라주는 대로 받지 않고 물건을 직접 고르는 방식이 효율적이며 소비자에게 주는 만족감도 크다는 점을 간파했다. 컬런은 넓은 주차 공간을 확보하기 위해 임대료 비싼 도심에서 떨어진 곳에 매장을 두자고 제안했다. 필요한 물건이 있을 때마다 동네 가게에 드나드는 대신, 한 번에 많이 사서 쟁여두는 모델을 생각했

---

1 Eschner. K, (2017. September 6), The Bizarre Story of Piggly Wiggly, the First Self-Service Grocery Store, smithsonianmag.com, https://www.smithsonianmag.com/smart-news/bizarre-story-piggly-wiggly-first-self-service-grocery-store-180964708/

고 그러기 위해 필수적인 것이 자동차와 냉장고였다. 컬런의 아이디어는 자동차와 가전의 대중화, 그리고 교외화郊外化를 통해 발달한 미국 도시 구조와 깊은 관계를 맺고 있었다.

혁신적 아이디어는 대개 처음엔 환영받지 못한다. 제안이 채택되지 않았는지 컬런은 회사를 나와 1930년 뉴욕에 킹 컬런King Kullen이라는 슈퍼마켓을 직접 차렸다. 이후 일반화된 슈퍼마켓은 규모의 경제를 실현하며 중산층의 탄생에 기여했다. 미국의 독보적인 산업 생산력이 이를 뒷받침했다.

슈퍼마켓은 매우 미국적인 현상이었다. 1957년 방미해 아이젠하워 대통령을 만난 영국 엘리자베스 2세 여왕, 1989년에 미국을 방문한 소련의 개혁 정치인 보리스 옐친 모두 짬을 내서 슈퍼마켓을 찾았다. 술고래였던 옐친이 순방중에 과음하고 추태를 부렸다는 보도도 나왔지만 그 와중에도 옐친은 미국 슈퍼마켓의 의미를 알아봤던 것 같다. 1989년 9월 28일자 조선일보에는 모스크바에 돌아간 옐친이 지지자들 앞에서 '미국 슈퍼마켓에는 3만 종의 식품이 있는데 여러분은 상상이나 할 수 있겠느냐. 소련 지도층은 미국 슈퍼마켓을 견학해야 한다'고 말했다는 기사가 실려 있다. 슈퍼마켓은 산업혁명의 발상지 영국조차도 쉽게 넘볼 수 없는 미국 산업자본주의의 최전선이었고, 공산주의 소련과 극명하게 대비되는 장소였다.

슈퍼마켓 인덱스

슈퍼마켓은 이제 미국의 전유물이 아니다. 다만 미국의 여러 슈퍼마켓들은 서로 조금씩 차별화 전략을 취하며 지역적, 인종적, 계층적 정체성의 각축장이 되고 있는 듯 보였다. 미국에 와서 처음 슈퍼마켓에 드나들면서 흥미로웠던 건, 업체마다 상품 구색의 방향성이 조금씩 다르다는 점이었다. 한국에서는 이마트와 롯데마트, 홈플러스가 다르다고 느낀 적이 별로 없어서 이 점은 꽤 새로웠다. 필요한 물건이 무엇인지에 따라 어디로 장을 보러 가야 하는지가 달라지니 번거롭기도 했지만 콘셉트가 조금씩 다른 슈퍼마켓을 찾아다니는 일은 퍽 재미있기도 했다.

집에서 가장 가까워서 걸어서 다녔던 해리스 티터Harris Teeter나 자이언트Giant는 여러 종류의 신선·가공식품과 생필품을 적당히 두루 갖춘 '육각형' 슈퍼마켓이었다. 아마존이 인수한 홀푸즈마켓Whole Foods Market은 상품 구성은 비슷했지만 유기농·친환경·비건 제품이 많았고 품질이 좋은 만큼 값이 비싸서 고급스러운 이미지가 있었다. 이 이미지는 인종 구분과도 연결돼서, 홀푸즈마켓의 주 고객층은 중산층 이상의 '백인'으로 지목되곤 한다. 웨그먼스Wegman's는 즉석에서 만들어 파는 초밥·피자·샐러드 같은 식사용 메뉴와 케이크·베이커리 메뉴를 충실하게 갖췄다. 트레이더조스Trader Joe's는 냉동식품 종류가 다양했는데,

미국에서 히트한 냉동 김밥도 이 트레이더조스에서 나왔다. 타깃Target은 공장에서 나온 가공식품류와 약간의 과일 정도를 제외하면 먹을거리보다는 옷이나 잡화류 같은 공산품 위주였다. 그리고 이 모든 제품을 아우르는 월마트Walmart가 있었다.

브리야사바랭이 슈퍼마켓의 시대에 살았다면 "당신이 어디서 장을 보는지 알려달라. 그럼 당신이 어떤 사람인지 말해주겠다"고 말했을 것이다. "홀푸즈마켓이 있는 곳은 괜찮은 동네"라던 지인의 말도 그런 맥락에서 이해할 수 있었다. 모든 물건이 조금씩 비싼 홀푸즈에서 장을 본다는 것은 고품질과 친환경이라는 가치에 높은 가격을 지불할 의사와 경제적 여력이 있다는 의미이며, 홀푸즈가 있는 동네는 그런 사람들이 모여 사는 곳이다.

미국 슈퍼마켓의 계층적 상징성을 가장 극적으로 실감한 것은 귀국길에 잠시 여행했던 오리건주 포틀랜드에서였다. 그 힙하다는 도시에서 유명하다는 도넛 가게를 찾아갔는데, 어둑어둑해질 무렵 도착한 동네 분위기가 심상치 않았다. 사람들이 몰려들면 통제 불능의 상황이 발생할 것을 우려하는지 허리춤에 곤봉을 찬 경비원이 가게 안에서 문을 잠가놓고 한 팀씩만 차례로 들여보내줬다. 눈이 몽롱한 사람들이 거리를 돌아다녔다. 마약에 취한 사람을 실제로 본 일이 그때까지 한 번도 없었는데도, 마약에 취하면 사람이 어떻게 되는지 단번에 알 것 같았다. 겁이 덜컥 나서 주문한 도넛을 낚아채듯 받아들자마자 일단 차부터 출발시켰다. 처음 와본 외국 도시에서 날은 저물었는데 어디로 가야 좋을지 감이 없어서 되는대로 내비게이션에 입력한 목적지가 홀푸즈마켓이었다. 다운타운을 벗어나 캄캄한 밤길을 30분쯤 달리니 조용한 교외 주택가가 나왔다. 익숙한 초록색 홀푸즈 간판 아래 차를 세우니 그제야 마음이 조금 놓였다. 누군가의 집이고 터전일 동네를 '좋다' '나쁘다'로 쉽게 이야기하기란 조심스럽지만 나 같은 이방인이 안전하다고 느낄 만한 동네와 그렇지 못한 동네라는 구분은 존재한다. 같은 도시 안에서도 동네마다 치안 수준이나 분위기가 크게 달라지는 미국에서 그 차이를 나타내는 요소 중 하나가 슈퍼마켓이었다.

슈퍼마켓은 지역의 경계가 되기도 했다. 남부로 가는 여행길에 버지니아를 지나다가 갑자기 배가 고파졌다는 에스더를 데리고 마침 나타난 슈퍼마켓에 들어간 적이 있다. 화장실을 비롯한 실내가 아주 깨끗하고 와이파이도 잘 터지는 더없이 쾌적한 공간이라 인상적이었다. 메릴랜드에서는 본 적 없는 퍼블릭스Publix라는 체인이었다.

버지니아와 메릴랜드는 경계를 맞대고 있지만 실은 꽤나 다르다. 가령 메릴랜드는 남북전쟁 당시 노예제를 인정하면서도 연방에 남았던 반면 버지니아는 주도 리치먼드를 수도로 삼았던 남부연합confederate의 맏형 격이었다. 지금도 메릴랜드에서 민주당 강세가 뚜렷한 데 비해 버지니아는 전통적으로 공화당 강세다. 특히 버지니아 남부는 보수 성향이 강한 지역으로 분류된다. 이처럼 보이지 않는 경계로 나뉜 메릴랜드와 버지니아의 차이가 마트 간판에서도 나타나고 있었다. 나중에 플로리다에 가니 그곳에도 퍼블릭스가 있었다. 퍼블릭스는 플로리다, 조지아, 앨라배마, 사우스·노스 캐롤라이나, 테네시, 버지니아에서 영업해왔고 최근 켄터키에 진출했다. '남부'의 주축을 이루는 주들이다. "어디까지가 남부인가"라는 질문에 답하는 방법은 여러 가지가 있겠지만 "퍼블릭스가 영업하는 곳이 남부"라 대답해도 아주 틀리지는 않을 것이다.

슈퍼마켓에서 파는 것들

장은 주로 혼자서 봤다. 에스더가 학교에 있는 '황금 시간대'에 식료품 쇼핑을 하려니 조금 아깝기도 했지만, 일주일치 식단과 도시락 반찬을 구상하고 필요한 재료를 고르다보면 어설프게나마 살림을 내 손으로 해나가고 있다는 생활인의 자긍심 같은 것이 느껴져서 싫지만은 않았다.

미국은 농수축산물이 싸고 서비스가 비싼 나라로 알았는데 팬데믹이 몰고 온 인플레이션이 너무나 살벌해서 농수축산물은 비쌌고 서비스는 매우 비쌌다. 한 번 장을 볼 때 100달러를 넘기지 않는 것을 심리적 마지노선으로 삼았다. 나중엔 일일이 계산하지 않아도 100달러가 조금 넘겠다 싶게 카트를 채우면 회원 할인까지 적용한 최종 금액이 거의 정확하게 마지노선에 맞아떨어지곤 했다.

한국과 미국 슈퍼마켓의 쇼핑 경험에서 가장 큰 차이는 다름 아닌 소리에 있었다. 한국 마트에선 세일 안내와 브랜드 로고송이 끝없이 흘러나온다. 타임 세일을 알리는 육성이 들려오기도 한다. 반면 미국 슈퍼마켓에서는 자연스러운 배경 소음이 들릴 뿐 인위적인 음향은 거의 없었다. 한국에 있을 땐 소리가 불편한 줄 몰랐는데 지금은 장을 보다보면 조금 버겁다. 공간에 소리까지 꽉꽉 채워야 비로소 직성이 풀리는 우리는 어느새 여백을 견디지 못하게 돼버렸는지도 모른다.

이제는 미국 슈퍼마켓이라고 특별하다거나 대단할 것은 없다. 다만 미국인의 생활을 짐작게 하는 장면이 곳곳에 보였다. 슈퍼마켓에는 대개 약국이 있었고 처방 없이 구입 가능한 OT-C over the counter 약을 파는 매대는 다른 어떤 매대보다 다채로운 품목으로 채워졌다. 가령 잠 오는 감기약으로만 알았던 나이퀼 NyQuil만 해도 꿀 시럽이 들어간 것, 목 아플 때 먹는 것, 고혈압 환자용이 따로 있었고 알코올 성분이 함유된 버전은 계산대에서 신분증을 요구했다. 구경하는 재미가 쏠쏠했지만 그처럼 다양한 약이 팔리는 것은 결국 병원에 가기 어려운 의료 체계 때문일 것이기에 뒷맛이 개운하지 않았다.

몇몇 슈퍼마켓은 가장 목 좋은 자리를 기념 카드 매대가 차지했다. 핼러윈이나 크리스마스 같은 명절이 돌아오면 한 달쯤 전부터 신제품 카드가 채워졌다. 어머니의 날(5월 두번째 일요일)과 아버지의 날(6월 세번째 일요일)도 카드 판매 대목이었다. 두 기념일을 따로 지내는 배경에는 부모가 한집에 사는 형태만 '정상 가족'이라고 여기지 않는 미국 사람들의 가족관도 작용하지 않았을까 싶다. 이 외에도 엄마, 아빠, 할머니, 할아버지, 아들, 딸, 손자, 손녀, 남편, 아내를 비롯한 수신자별 카드가 세분화돼 있었고 어린이 생일 카드는 '다섯번째 생일5th Birthday' '오늘부터 일곱 살7 Today' 같은 표현이 들어간 나이별 디자인이 따로 나왔다. 인터넷에서 카드 디자인을 골라 이메일로 대량 발송하고 응답 관리와 선물 구매용 아마존 링크 첨부까지 한 번에 가능한 서비스가 있어서 에스더도 생일 파티에 친구들을 초대할 때 이를 이용했지만, 초대를 받는 경우에는 선물과 함께 카드초를 샀다. 미국 사람들도 왓츠앱 같은 메신저를 일상적으로 쓰고 이메일은 한국보다도 훨씬 광범위하게 쓴다. 그러면서도 여전히 종이 카드를 자주, 많이 주고받는 문화가 슈퍼마켓 매장 구성에 나타났다.

채소나 과일을 팔듯 슈퍼마켓에서 꽃을 파는 모습도 신기했다. 선물을 자주 주고받으니 꽃도 수요가 있는 모양이라고 짐작했는데, 꽃은 오감을 자극하고 자연의 신선함에 대한 무의식적 기대감을 증폭시켜서 결국 고객이 더 적극적으로 돈을 쓰도록 유도하는 장치라고 했다.[2]

한국의 전기구이 통닭과 비슷한 로티서리 치킨에도 깊은 뜻이 숨어 있었다. 닭이 꽤 실해서 한 마리를 사면 살을 발라 저녁을 먹고, 조금 남긴 고기를 양념에 볶아 다음날 도시락에 넣고, 뼈를 우려내 죽까지 끓일 수 있어서 실속이 상당했다. 그럼에도 값은 6달러쯤 했다. 모든 것이 생각보다 비쌌던 미국 슈퍼마켓에서 유독 이상할 정도로 싸다고 생각했다. 나중에 알고 보니 손해를 감수하고 파는 미끼 상품이라고 했다. 많은 미국인이 저녁 식탁에 단골로 오르는 이 치킨의 가격을 센트 단위까지 정확하게 기억하기 때문에 멋대로 가격을 올리지 못한다는 것이다. 그만큼 흔한 저녁 메뉴라는 건 그만큼 대량으로 유통하고 싸게 팔 수 있다는 뜻도 된다. 가격을 낮게 유지함으로써 가파른 인플레이션 시대에도 물건값이 오르지 않는다고 느끼게 하고, 치킨 매대를 매장 가장 안쪽에 배치해서 손님들을 깊숙이 끌어들이는 것이 슈퍼마켓의 전략이다. 집에서 가장 가까운 해리스 티터의 매장이 딱 이렇게 설계돼 있었다. 카트를 끌고 매장에 진입하는

2 Morrow, A, (2022, July 2), The Surprising Reason Supermarkets Sell Flowers, edition.cnn.com. https://edition.cnn.com/2022/07/02/business/grocery-store-flowers/

지점에 꽃이 있고 과일·채소 매대를 거쳐 한참 들어간 곳이 로티서리 치킨 자리였다.

H마트에서는 김치와 쌀을 비롯해 신라면과 에스더가 좋아했던 즉석 우동, 콩나물, 두부, 마른 오징어채와 볶음용 멸치, 흰떡 같은 것들을 샀다. 식생활을 미국식으로 완전히 바꾸지 않는 이상 이런 재료들은 중요했다. 그러나 결정적이지는 않았다. 가령 김치만 해도 냄새 때문에 불상사가 생길까봐 에스더 도시락엔 넣지 않기 때문에 없으면 안 될 정도는 아니었다. 몇몇 식재료는 미국 슈퍼마켓에서 비슷한 것을 파는 경우도 있었다.

H마트에서만 구할 수 있고 대체 불가능하며, 없으면 안 먹고 말기도 어려운 궁극의 재료는 대파였다. 1년 동안 가본 미국 슈퍼마켓 어디에서도 대파를 팔지 않았다. 서양 대파라는 리크leek가 어디에나 있었지만 "대파 모양을 낼 때 쓸 수는 있어도 맛은 전혀 다르다"는 백종원의 설명처럼 이는 대파의 대체재가 아니었다. 주방 살림을 직접 하기 전에는 몰랐는데 대파는 생각보다 훨씬 요긴했다. 볶음밥 기름에 향을 입힐 때, 잔치국수 국물맛을 낼 때 썼고 가끔 돼지고기 수육을 삶을 때도 필요했다. 에스더가 매운 음식을 먹지 못하니 반찬을 대체로 간장 양념으로 만들었는데 장조림을 차마 간장물로만 할 수가 없어서 양심상 한 토막 잘라 넣는 것도 대파였다.

한창 미국 생활에 적응해가던 2022년 2월 한국판이 나온 에

세이 『H마트에서 울다』엔 마늘에 대한 헌사가 나온다. "큼직한 통에 담긴 깐마늘도 여기서만 살 수 있다. 한국 음식을 해 먹는 데 마늘이 얼마나 많이 필요한지를 제대로 알아주는 곳은 이곳 뿐이라는 말이다."[3] 미국에서 한국식 식생활을 해나가는 데 있어 H마트의 위상은 확실히 절대적이다. '큰 통에 든 깐마늘'을 H마트에서만 파는 것도 책에 나온 대로였다. 한데 미국 슈퍼마켓에서도 찾아보면 깐마늘, 간마늘, 통마늘이 다 있긴 했다. 비록 한국 기준으로는 일회용이 아닐까 싶을 정도의 감질나는 사이즈였지만 그래도 글로벌 향신료인 마늘을 구하는 일은 대파 구하기만큼 어렵지는 않았다. 우리가 마늘 먹고 인간이 된 선조의 자손들이라 할지라도 가장 한국적인 식재료는 마늘보단 역시 대파일 거라고 그때부터 믿고 있다. 인종 구성이 다양한 베서스다에 살면서 나는 스스로를 '한국인'보다는 '외국인'으로 여길 때가 많았는데 H마트에서는 어쩔 수 없이 대파를 찾는 '미주 한인'이 되곤 했다.

슈퍼마켓이라는 거울에 비친 그때의 내 모습은 어떤 것이었을지 가끔 생각한다. 새로 만난 세상을 호기심어린 눈으로 바라보지만 거기에 완전히 동화되지 못하고 자꾸만 떠나온 곳을 돌아보는 이방인이 H마트 채소 코너 앞을 서성이고 있다. 이 대파

---

3 미셸 자우너, 『H마트에서 울다』, 정혜윤 옮김, 문학동네, 2022, 9쪽.

한 단이면 또 며칠은 문제없겠다고 생각하면서.

놀이터

아이가 자라는 곳

가장 사치스러운 경험

아이와 둘이 외국에서 지냈다고 하면 매일 뭘 하면서 1년을 보냈냐고 묻는 사람들이 간혹 있다. 나의 평범하면서도 중요한 일과는 놀이터 벤치에 앉아서 에스더가 노는 모습을 지켜보는 일이었다. 학교 수업이 끝나자마자 마중나온 아빠에게 책가방을 안기고 교실 앞 놀이터로 달려갈 때 가장 환하게 빛나던 아이의 얼굴을 기억한다.

긴 시간을 놀이터에 가만히 앉아서 보냈지만 아이가 성장하는 과정을 목격할 수 있었기에 아깝지 않았다. 에스더가 몽키바(구름사다리)에서 노는 걸 보면서 아이들은 하루가 다르게 성장한다는 말의 의미를 실감했다. 처음엔 팔심이 부족해서 뻗을 때자마자 떨어지곤 했다. 그렇게 안경테를 부러뜨리고도 포기하지 않은 끝에 꽤 오래 매달릴 수 있게 됐고, 어느 순간부터는 매달려서 앞으로 나아갈 수 있게 됐고, 다시 두 칸씩 나아갈 수 있게 됐다. 꾸준함의 가치를 깨닫는 시간이었을 것이다. 놀이터는 사회성을 배우는 곳이기도 했다. 서로 마음이 맞지 않아 티격태격하다가도 아이들은 다음날이면 아무렇지 않게 어울려 놀았다. 그런 경험을 통해 갈등을 피하는 것만큼 슬기롭게 해결하는 법도 중요하다는 걸 익히길 바랐다.

같이 놀던 친구들이 하나둘 돌아간 뒤에도 떠날 생각이 없는 에스더에게 집에 가야 한다고 채근하지 않았다. 황금 같은 주말에 어디 나들이라도 가보자 해도 굳이 놀이터에 가겠다는 에스더에게 못 이기는 척 져줄 때도 많았다. 한 해만이라도 학원 걱정, 숙제 걱정, 미세먼지 걱정 없이 밖에서 마음껏 뛰어놀게 해주자는 생각이었다. 그땐 몰랐는데, 한국에 돌아온 지금은 맑은 공기 마시며 양껏 뛰노는 일이야말로 가장 사치스러운 경험이었을지 모른다고 생각하고 있다.

어디에나 놀이터가 있다

귀국해서 시간이 조금 지났을 때 에스더에게 한국과 미국 놀이터 중 어디가 더 좋은지 물어본 적이 있다. 에스더는 조금 생각하더니 미국이 더 좋았다고 대답했다. 미끄럼틀이 더 재밌었다고 했다. 미국 미끄럼틀은 달랐던가 하고 기억을 더듬어보니 좀 위험하지 않나 싶을 정도로 꽤 높고 가파른 곳들이 있긴 했다. 그에 비해 한국 미끄럼틀은 알록달록한 캐노피(기둥으로 받친 덮개)를 풍성하게 올려서 크고 화려해 보이지만 정작 경사판 자체는 짧고 완만한 곳이 많다. 안전하지만 재미는 덜한 디자인이다. 그러나 그게 다는 아닐 것이다. 미국이 더 좋았다는 에스더의 대답은 거기서 놀던 기억 때문일 가능성이 높다.

한국과 미국의 결정적 차이는 시설이나 디자인이 아니라 놀이터가 놓인 도시의 맥락에 있었다. 내가 느끼기에 미국 놀이터의 가장 두드러지는 특징은 '많다'는 점이다. 미국에서 가본 놀이터가 전부 몇 군데인지 가끔 헤아려본다. 셀 때마다 숫자가 달라지긴 하지만 적어도 스무 곳이 넘는 것은 확실하다. 아파트 바로 앞에, 학교 운동장에 놀이터가 있었고 도서관에서 책을 보다 나오면 그 앞에 또다른 놀이터가 있었다. 걸어서 갈 수 있는 이 세 곳이 조금 질린다 싶으면 차로 10분 거리에 두세 군데가 더 있었다. 여름방학에 서머 캠프를 했던 카운티 관할 교육 시설마다 놀이터가 있었고 LA의 유명한 '할리우드HOLYWOOD' 사인 아래의 공원이나 플로리다 시에스타키Siesta Key 해변 같은 관광지에도 그네와 미끄럼틀이 서 있었다. 모든 곳에 놀이터가 있었다.

땅이 넓어서일까. 넓은 땅은 그러나 필요조건이 될지는 몰라도 충분조건은 아니다. 그토록 많은 놀이터가 들어선 바탕엔 아이들이 건강하게 자라려면 마음껏 놀아야 한다는 믿음이 깔려 있다. 어린이의 신체적·정서적 발달을 놀이로 촉진한다는 생각은 서양에서 19세기 중반에 싹트기 시작했다. 아이도 노동력이었던 시대를 지나 1850년대 독일 베를린에 모래 놀이장이 등장했고, 유럽인의 신대륙 이주가 본격화되면서 19세기 후반부터 미국에도 비슷한 시설이 조성됐다. 계속된 이민으로 인구가 급증

하고 빈곤과 슬럼화 문제가 대두하면서 거리의 아이들에게 안전한 놀이 공간을 제공하는 일이 미국 전역에서 과제로 떠올랐다고 한다. 미국에 모래 놀이장이 도입되는 장면을 들여다보면 마리 자크르제브스카라는 이름이 등장한다. 그는 베를린 출신의 폴란드계 미국인 의사였는데 1886년 방문한 독일에서 모래 놀이장을 보고 미국에도 도입할 것을 제안했다.[1] 공장에서 나온 철제 부품으로 미끄럼틀, 시소, 그네, 정글짐 따위를 세우기 시작한 것은 산업 생산력이 고도화되는 20세기 들어서였다. 산업화된 도시의 위험으로부터 아이들을 보호하기 위한 놀이터가 아이러니하게도 산업화 덕분에 늘어날 수 있었던 셈이다. 이후 1950년대 들어 로켓, 자동차, 터널과 같은 모티브를 활용해 아이들의 상상력을 자극하는 '신기한 시대'가 도래했고, 1990년대 이후에는 다양한 연령과 신체적 접근성을 아우르는 공간으로 놀이터의 의미가 확대되고 있다.[2]

미국 초등학교 시간표에 리세스recess, 즉 놀이 시간이 따로 들어가는 데서도 놀이의 중요성에 대한 믿음이 드러난다. 에스더

1 Heller. N, (2020. March. 12), A Brief History of Playground Design, Part 1, thefield.asla.org. https://thefield.asla.org/2020/03/12/a-brief-history-of-playground-design-part-1/

2 Frost. Joe, (2012. November. 20), Evolution of American Playgrounds, www.scholarpedia.org. http://www.scholarpedia.org/article/Evolution_of_American_Playgrounds

네 학교의 경우 K학년은 하루 1시간, 1학년부터는 30분의 리세스 타임이 있었다. 교사가 아이들을 인솔하지만 이 시간에 특정 프로그램을 진행하지는 않는다. 놀이는 자발적인 활동이며 아이들은 어디서든 재미있는 것을 찾아낸다. 길지 않은 시간일지라도 친구들과 매일 함께하는 놀이의 의미는 작지 않다. 지금도 에스더는 학교에서 가장 즐거웠던 기억으로 리세스 타임을 꼽는다. 노는 시간이니 즐거운 게 당연하다는 차원에서만은 아니다. 그 시간이 없었다면 에스더는 말이 잘 통하지 않는 외국의 학교에서 친구를 사귀고 적응하는 데 훨씬 애를 먹었을 것이다.

공원의 놀이터, 공원은 놀이터

돌이켜보면 도시를 대표하는 공원에도 어김없이 놀이터가 있었다. 시설과 규모는 제각각일지라도 도시의 얼굴과 같은 공원의 놀이터는 아이들에게 기꺼이 자리를 내주는 배려 위에 세워진다는 공통점이 있다. 뉴욕 센트럴 파크의 '빌리 존슨 플레이그라운드'는 언덕의 경사면을 타고 내려오는 미끄럼틀이 특이했고, '에인션트 플레이그라운드'는 메트로폴리탄미술관 바로 옆의 놀이터답게 고대 유적지를 테마로 한 디자인 감각이 돋보였다. 1634년 조성된 미국 최고最古 공원 보스턴 코먼의 '태드폴 플레이그라운드'는 우뚝한 아치형 정문이 인상적이었다. 1970년대에 만들어진 이 놀이터는 2002년 공원 리모델링 때 확장됐는데, 당시 마스터플랜에 "연령대와 신체 능력이 제각각인 사람들에게 다양하고 접근 가능한 놀이 환경을 제공한다"는 목표가 명시돼 있다. 이만큼 널리 알려진 공원은 아니지만 노스캐롤라이나주 롤리Raleigh의 무어 스퀘어, 조지아주 서배너Savannah 지역의 포사이스 파크에서도 아이들이 그네와 미끄럼틀을 탔다.

워싱턴 D.C.는 다른 곳들과 달리 도시 정중앙에 내셔널 몰이 있는데, 국가적 상징 공간인 내셔널 몰은 공원이 아니므로 여기엔 놀이터가 없다. 대신 백악관에서 두 블록쯤 떨어진 도심의 프랭클린 파크에 자주 갔다. 새로 단장한 이 공원 놀이터엔 미끄럼틀 말고는 이렇다 할 놀이기구가 없었지만 미끄럼틀 폭이 서너 명이 같이 타도 될 만큼 넓었다. 아이들은 미끄러져 내리며 온갖 포즈를 취하는 것만으로 한참을 보냈다. 가장 유연하고 창의적인 사용자들 덕에 작은 변화로도 큰 차이를 만들 수 있는 것이 놀이터 디자인이었다.

놀이터는 아이들을 위한 곳이면서도 아이들만을 위한 공간은 아니었다. 탁자 양쪽으로 벤치가 붙은 일체형 피크닉 테이블을 보면 알 수 있었다. 동네 놀이터마다 있는 이 테이블에서 사람들은 간식을 먹고 도시락으로 점심을 해결했다. 에스더와 나도 가끔 날씨 좋은 날에는 집에서 지은 밥을 도시락에 담아 들고 나오거나 마트에서 음식을 사다가 소풍 기분을 내며 먹었다. 놀이터는 장소 사용료가 없고 아이들이 놀기에도 좋아서 생일 파티 장소로도 인기가 높았다. 피크닉 테이블에 케이크와 피자 박스를 쌓아놓고 그날의 주인공을 중심으로 사람들이 둘러앉은 모습은 가장 전형적인 생일 파티 풍경이었다. 아이들은 놀다가 출출해지면 테이블로 모여들었다. 이날만큼은 젤리와 쿠키를 맘껏 먹어도 부모들이 나무라지 않는다는 걸 아이들은 잘 알고 있었다.

놀이터는 공원의 일부였고, 어떤 곳에서는 공원 자체이기도 했다. 미국 사람들도 일상에서 놀이터를 가리킬 때 '파크park'라는 말을 자주 썼다. 공식 명칭도 마찬가지여서 아파트 앞 놀이터는 '배터리 레인 어번 파크Battery Lane Urban Park', 도서관 앞 놀이터는 '캐럴라인 프리랜드 어번 파크Caroline Freeland Urban Park'가 정식 이름이었다. 크진 않아도 카운티에서 관할하는 어엿한 공원이었다.

캐럴라인 프리랜드 파크는 우리가 한국으로 돌아온 뒤 리모델링에 들어갔다고 한다. 공사 기간에 대신 이용할 수 있는 근처 공원 열 곳을 카운티 공원관리국 웹사이트에 안내했는데, 한국의 둘레길에 해당하는 트레일trail 형태의 두 곳을 빼고 여덟 곳이 이런 식의 공원이다. 여덟 곳 모두 놀이터가 있고, 공원마다 조금씩 다르긴 하지만 축구장·테니스장·라크로스장·정자gaze-bo 같은 시설도 갖추고 있다. 건축가들이 자주 이야기하는 '도시 소공원'이나 '쌈지공원' 역할을 놀이터가 하고 있는 것이다. 놀이터는 도시 구석구석까지 생기를 전달하는 모세혈관이며, 그래서 아이들뿐 아니라 모든 사람에게 보편적으로 의미 있는 공간이다.

한국의 놀이터는 이런 역할과는 다소 거리가 먼 것 같다. 많은 경우 한국의 놀이터는 공공 공간이라기보다는 아파트 단지의 부대시설이다. 뉴스를 조금만 검색해봐도 법에서 '150세대 이상 아파트'만 놀이터 의무 설치 대상으로 규정해둬 놀이터가 아파트에만 집중되고 있다는 기사를 쉽게 찾을 수 있다. 놀이터가 집중된다는 아파트도 사정은 별로 나을 것이 없다. 지금 사는 아파트에서 10분 안에 걸어갈 수 있는 놀이터가 대여섯 군데는 되지만 2년 넘게 살면서 한 번이라도 가본 곳은 그중 하나뿐이다. 축대 위 응달진 자투리땅을 겨우 차지한 놀이터, 담배 피우는 어른들이 차지해버린 놀이터, 풀이 웃자라고 미끄럼틀 색이 바랜 놀이터에는 의무 규정 때문에 마지못해 만들었다는 듯한 분위기만이 역력하다. 놀이터는 많은데 놀 곳이 없다.

어느새 놀이는 키즈 카페에서 시간당 얼마씩 돈을 내고 사야 하는 상품이 되어간다. 아이들에게 약간의 자리를 내주는 데에도 우리는 너무 인색해져버렸는지 모른다. 그런 생각을 할 때마

다 가장 평범해서 가장 소중한 하루하루가 흘러가던, 베서스다
의 놀이터가 그리워진다.

동네 도서관 앞 캐럴라인 프리랜드 어번 파크. 바로 앞에 있는 슈퍼마켓 이름을 따서 '자이언트 놀이터'라고 불렀다.

교실 바로 앞에 위치한 학교 놀이터.

아파트 바로 앞 배터리 레인 어번 파크.
나무를 테마로 한 놀이터답게 녹색 위주여서 '초록색 미끄럼틀 놀
이터'라고 불렀다.

미끄럼틀이 상당히 높은 린브룩 파크. 집에서 차로 5분 거리였다.

놀이터가 꼭 알록달록해야 하는 건 아니다.
얕은 비탈에 걸친 미끄럼틀 하나로도 아이들은 신나게 놀았다.
새 단장을 마친 워싱턴 D.C. 도심 프랭클린 파크

워싱턴 국립대성당 부속학교 놀이터. 주말에만 개방하는 곳이라 주말이면 근처 아이들로 북적였다.

뉴욕 센트럴 파크의 빌리 존슨 플레이그라운드. 공원의 경사 지형을 따라 곡선형 미끄럼 틀이 설치돼 있다.

도서관

언제나, 누구에게나 열려 있는

가장 공공적인 장소

에스더네 학교 옆 코니 모렐라 라이브러리Connie Morella Library 어린이 열람실 입구에는 사서 선생님 대신 초록색 멜빵바지를 입은 곰돌이 인형 코듀로이Corduroy가 앉아 있었다. 누가 인형을 잠깐 둔 것인지 어린이들을 위한 나름대로의 연출인지 궁금했다. 책상엔 사무용 전화기와 컴퓨터도 놓여 있어서 방금 전까지 누가 일하다 잠시 자리를 비운 듯한 모습이었는데, 도서관에 매일같이 드나들었지만 누가 앉아 있는 모습은 한 번도 본 적 없는 반면 코듀로이는 늘 그 자리를 지키고 있었으니 아무래도 연출인 것 같았다.

코듀로이 뒤쪽 책장에 사자, 원숭이, 앵무새 같은 동물 인형이 옹기종기 놓인 걸 빼면 어린이 열람실이라고 해서 딱히 '어린이다운' 장식은 없었다. 다만 인형들 앞에 '만지지 마세요Please Do Not Touch'가 아니라 '동물들을 쓰다듬지 마세요Please Do Not Pet the Animals'라고 적어놓은 푯말이 놓인 걸로 보아 누군가 아이들에게 마음을 쓰고 있다는 사실을 알 수 있었다. 어린이 열람실은 문으로 밀폐된 공간은 아니었지만 사람들이 지나다니는 동선에서 살짝 비껴나 한갓진 곳이었다. 너무 넓지 않아서 아늑하면서도 높은 천장 아래 창으로 햇빛이 들어와 답답하지 않았다. 아이들을 구석방으로 내몰지 않고 동네 도서관에서 가장 좋은 자리

동네 도서관 코니 모렐라 라이브러리의 어린이 열람실 사서석을 지키는 코듀로이 인형.

를 내준 배려가 느껴졌다.

에스더만큼 나도 그 도서관을 좋아했다. 책을 가져다 에스더 옆에서 읽거나 노트북을 펴놓고 연구 보고서를 썼다. 깨끗하고 개방된 화장실이 한국처럼 흔하지 않은 미국에서도 도서관에 가면 화장실을 걱정할 필요가 없었다. 너무 덥거나 춥거나 비가 오는 날에도 도서관이 가까운 곳에 있어서 다행이라고 느꼈다. 어린이 열람실에 앉아 통유리창 밖으로 거리를 내다보면 안전한 곳에 있다는 게 실감났다.

그 느낌이 곧 도서관의 의미였다. 귀국길에 잠시 여행하러 들른 겨울 시애틀에서의 일이다. 갑자기 쏟아지는 비를 피해 찾아간 곳이 시내 한가운데 있는 시애틀 중앙도서관이었다. 정확히 말하면 도서관을 찾아갔다기보다는 찾아가고 보니 그곳이 도서관이었다. 도서관 지하주차장에는 한파나 비바람이 닥치면 이곳으로 피하라는 안내문이 붙어 있었다.

시애틀 도서관은 렘 콜하스를 비롯한 건축가들이 도서관의 미래를 건축적으로 제시한 곳이다. 도서관을 그저 '책 보는 곳'만이 아니라 사람들이 모이고 상호작용하는 장소로 설정하고, 그런 콘셉트에 맞춰 서가를 높은 층에 집중 배치하고 나머지 공간은 필요에 따라 유연하게 사용하도록 설계했다. 시애틀 도서관이 세계적인 명소가 된 것은 독특한 외관 때문이 아니라 도서관 건축의 문법을 뒤집은 혁신적 접근 때문이다. 그러나 그날 내게는 건축의 걸작을 현장에서 본다는 것보다도 그곳에서 비가 긋기를 기다리며 시간을 보낼 수 있다는 사실이 더 중요했다. 도서관은 누구에게나 열린 공간이었다.

모두를 위한 지식의 기회

도서관은 가장 공공적인 장소다. 시애틀 도서관처럼 코니 모렐라 라이브러리도 "별도의 폐관 안내가 있기 전에는 악천후에도 문을 연다"고 웹사이트에 안내하고 있었다. 그렇게까지 심해 보이지 않는 눈비나 추위에도 곧잘 휴교하는 학교와 달리 도서관은 여간해선 문을 닫지 않았다. 주말 포함 주 7일 운영했고 공휴일에 개관할 때도 많았다. 문이 열려 있을 때는 주차장 입구 작은 전광판에 녹색 글씨로 'OPEN' 문구를 띄웠는데, 지나다 그 전광판을 보면 어쩐지 든든했다. 지금 이 순간에도 공동체의 안녕을 위해 누군가 애쓰고 있다는 신호처럼 보였기 때문이다.

코로나19 오미크론 변이가 수그러들지 않던 시기에 마스크와 검사 키트를 무료로 나눠준 곳도 이 도서관이었다. 1인당 마스크 4장과 키트 2개씩. 에스더 것까지 두 명 몫을 받았다. 고무줄을 뒤통수에 걸치는 마스크가 살짝 불편했지만 한국처럼 온라인으로 주문하면 다음날 바로 배달해주는 곳이 없었기에 도서관 갈 때마다 꼬박꼬박 챙겼다. 한국이라면 보건소나 주민센터에서 했을 법한 일을 도서관에서 하는 모습이 낯설었는데 지내다보니 이유를 알 것 같았다. 미국에도 공공 의료시설이 있지만 우리의 보건소만큼 접근성이 좋지 않다. 한국의 주민센터와 그나마 비슷한 기능을 하는 곳이 사회보장국SSA일 텐데, 느리고 답답한 서비스에 불만을 품고 민원인이 난동이라도 부릴까봐 그러는지 권총을 찬 경비가 지키고 있었다. 불특정 다수를 상대로 마스크 같은 걸 나눠줄 분위기가 전혀 아니었다. 공공 복지의 최일선이 누구든 언제든 편하게 찾을 수 있는 곳이어야 한다면 도서관이 바로 그런 장소였다.

도서관의 존재 이유는 지식과 정보에 접근해 꿈을 실현할 기회를 누구에게나 주는 데 있다. '누구나'가 중요하다. 코니 모렐라 도서관은 책을 대출한 뒤 따로 신청하지 않아도 반납 기한을 3회까지 자동 연장해 연체료를 면제해줬다. 1회 대출 기간이 3주였으니 한 번 책을 빌리면 석 달 가까이 볼 수 있는 셈이었다. 처음엔 인심도 참 좋다고만 생각했는데, 그것은 시민의 '문화 접근권'을 높이기 위한 방편이었다. 연체료가 도서관에 접근하는 데 걸림돌이 된다는 연구 결과에 따라 금액을 낮추거나 아예 안 받는 곳들이 많았다. 2023년 뉴욕에선 도서관 예산이 삭감돼 주말 운영을 못 할 위기에 처하자 힐러리 클린턴 전 국무장관이나 배우 우피 골드버그처럼 영향력 있는 인사들이 적극적으로 나서서 예산을 복원시킨 일도 있다. 도서관의 상징성을 잘 보여주는 일화다.

코니 모렐라 도서관을 생각할 때마다 떠오르는 기억이 있다. 입구에서 긴 복도를 따라 들어가면 로비가 나오는데 이곳의 사서 추천도서 코너에서 유대교 명절에 대한 그림책을 펼치던 순간이다. 그날의 큐레이션 주제는 며칠 앞으로 다가온 유대교 명절이었다. '로쉬 하샤나'(새해 명절)나 '욤 키푸르'(속죄일)가 무엇인지는 구글에 검색해봐도 금방 알 수 있지만 사서들이 거기에 대한 책을 골라 추천했다는 데는 그것대로 또다른 의미가 있다. 낯선 풍습을 소개하는 책들로 꾸며놓은 테이블은, 이웃의 누군가에게 소중한 날의 의미를 되새겨보자는 제안처럼 느껴졌다. 미국인들에게 익숙지 않은 음력 설에는 아시아의 설날에 대한 책들이 사서 추천 도서 코너에 소개됐고 흑인이나 여성의 권리가 주제로 선정될 때도 있었다. 서로 이해하고 존중하자는 메시지를 이런 방식으로 발신하는 곳이 도서관이었다.

19세기 초에 시작된 미국 공공 도서관의 역사에 자주 등장하는 이름은 철강왕 앤드루 카네기다. 뉴욕 카네기재단에 따르면 어린 시절 가난했던 카네기는 도서관에서 책을 읽으며 지식을 쌓았다. 카네기는 펜실베이니아주 앨러게니에서 자랐는데 이 지역 주민이었던 제임스 앤더슨 대령이 자신의 개인 도서관을 카네기를 비롯한 노동계급 소년들에게 개방했다고 한다. 당시

로선 흔치 않은 기회였다. 카네기는 이때의 경험을 통해 "공공 도서관을 짓는 것보다 돈을 의미 있게 쓰는 방법은 없다"고 믿게 됐다. 그리하여 이후 미국 1679곳을 포함해 2509곳의 도서관을 세웠다. 의욕만 있다면 누구나 배우고 성공할 수 있어야 하며, 이를 가능하게 하는 공간이 도서관이라고 믿었기 때문이었다고 한다. 초창기부터 공공성과 개방성은 도서관의 가장 중요한 가치였다.

마틴 루서 킹 주니어 기념 도서관

베서스다에 코니 모렐라 도서관이 있다면 워싱턴 D.C.에는 마틴 루서 킹 주니어 기념 도서관Martin Luther King Jr. Memorial Library이 있었다. 사람이 넘쳐나는 스미스소니언박물관보다 조용하고, 내내 서서 관람해야 하는 내셔널갤러리보다 편안했던 그곳은 에스더와 내가 워싱턴 D.C.에서 맨 먼저 마음을 붙인 장소다. 수도의 중앙도서관답게 코니 모렐라 같은 동네 도서관보다 규모가 훨씬 컸다. 그러나 이 도서관의 진정한 의의는 규모에 있지 않다. 드나드는 동안 도서관이란 어떤 곳이어야 하는지를 자연스럽게 보여준다는 점이 이 도서관의 진짜 매력이었다.

우선 도서관은 아름다움을 경험하는 공간이었다. 마틴 루서 킹 주니어 기념 도서관은 현대건축의 거장 미스 반데어로에가 설계한 유일한 공공 도서관으로, 그의 사후 3년 뒤(1972) 완공된 작품이다. 모던한 외관에는 장식이 전혀 없지만 직선의 정교한 비례가 건축가의 또다른 걸작 뉴욕 시그램 빌딩을 연상시켰다. 그 모습이 고대 그리스풍으로 화려하게 지은 길 건너 국립 초상화 갤러리와 뚜렷한 대비를 이뤘다. 좋은 공간에는 마음을 움직이는 힘이 있다. 아름다운 것, 진짜인 것을 자연스럽게 경험하는 일은 중요하다. 그 경험을 도서관에서만 할 수 있는 것은 아니지만, 가장 문턱이 낮고 가장 많은 사람들이 찾는 도서관이야말로 좋은 것을 경험하기에 어느 곳보다도 적당한 장소일 것이다.

도서관은 또 즐거운 곳이었다. 2층 어린이 열람실 구석의 문을 열면 아래층까지 이어지는 미끄럼틀이 모습을 드러냈다. 높이가 높이인 만큼 미끄러져 내려오는 속도가 상당했다. 아이들은 책을 보다 지루해지면 미끄럼을 탔다. 미끄럼틀이 끝나는 곳이 1층에서 2층으로 올라오는 층계참이어서, 계단을 오르던 어른들이 아이들을 보고 박수를 쳐줄 때도 있었다. 그 자리에 벽을 만들지 않고 미끄럼틀을 노출시킨 데는 그만한 이유가 있지 않았을까. 미스 반데어로에가 최초로 설계한 이 도서관은 2021년에 네덜란드 건축회사 메카누Mecanoo와 미국 OTJ 아키텍처가 함께 리모델링했다. 대가의 작품에 손대는 것은 오리지널리

티를 살리면서도 새로워야 한다는 모순에 직면하는 과정이다. 이 도서관도 마찬가지여서 리모델링에 참여한 건축가들은 외관을 거의 바꾸지 않으면서도 차별화하는 데 성공했다. 리모델링에 참여한 스튜디오측은 디자인 웹진 디진Dzeen과의 인터뷰(2021.12)에서 그 차이점을 이렇게 설명했다. "미스는 수동적으로 앉아서 책을 읽는 도서관을 지었지만, 달라진 공간은 보다 능동적이고 사람들이 어울릴 수 있는 공간이 될 것이다."[1] 도서관의 모든 곳이 꼭 숨 막히는 분위기여야 할 필요는 없다. 미끄럼틀은 그렇게 믿는 후세 건축가의 낙관落款과도 같다.

마지막으로 도서관은 참여하는 곳이었다. 에스더를 데리고 처음 방문했던 날, 이 도서관에서는 '내가 사랑하는 것'을 메모지에 적어 어린이 열람실 유리벽에 붙이는 이벤트를 하고 있었다. 에스더는 펜을 들고 잠시 생각하는 듯하더니 'My Mom and Dad'라고 적었다. '나를 행복하게 하는 것'에 대해 적은 날도 있었다. 메모지 한 장 붙이는 것뿐이고 잘 쓴다고 상을 주는 것도 아니었지만 아이는 그 순간 사랑과 행복에 대해 생각했을 것이다. 어른의 눈엔 참으로 별것 아닌 기회도 에스더는 그냥 지나치지 않았다. 참여하고 있다는 느낌, 적극적인 일원이 된다는 느낌

---

1 https://www.dezeen.com/2021/12/21/martin-luther-king-jr-memorial-library-mecanoo-ojt-renovation/

을 주기 위해 꼭 거창한 자리가 필요한 것은 아니다.

독서실을 넘어서

도서관에 좋은 추억을 많이 남기고 돌아와서인지 귀국한 뒤에도 우리는 도서관에 종종 간다. 생각해보면 미국에 가기 전까지는 도서관을 잘 찾지 않았다. 에스더가 어리기도 했지만 내가 생각하는 도서관의 모습이 독서실에 가까웠기 때문이다. 어려서 경험한 도서관의 가장 중요한 심상은 조용하다는 것이었다. 서가 사이를 거닐며 오래된 책 냄새를 맡는 즐거움을 느끼던 대학 시절에도 도서관은 무엇보다 시험공부하는 곳이었다. 지금도 집에서 가까운 공공 도서관들은 무인 발급기에서 좌석 이용권이 나오는 열람실을 밤 11시까지 운영한다. 홈페이지에서 실시간 좌석 현황을 확인할 수도 있다. 여전히 도서관을 '조용하게 앉아서 공부하는 곳'으로 보는 것이다.

다행히 한국의 도서관도 변하고 있다. 한국에 돌아와 취재하면서 알게 된 국립어린이청소년도서관에서는 아이들이 빈백에 걸터앉아서(때로는 거의 반쯤 누워서) 책을 본다. 그러나 이런 도서관은 아직 드물어서 일부러 마음먹고 찾아가야 한다. 여러 도서관이 제공하는 체험 프로그램도 예전보다 훨씬 나아졌지만

'내가 사랑하는 것' 코너에 에스더가 붙인 메모.

여전히 부족해서 신청하기가 쉽지 않다.

즐거운 도서관, 언제든 찾을 수 있는 도서관이 더 많아지기를 기대한다. 아이를 낳으면 이런저런 명목으로 지원금을 주고 대출 이자도 깎아주겠다는 '저출생 대책'보다 훨씬 도움될 것이라고 생각한다. 코니 모렐라 도서관에서 크로스워드 퍼즐을 풀며 소일하던 할아버지들처럼, 나도 나이든 뒤에는 도서관에서 여유를 누리고 싶다는 생각도 해본다.

베서스다 옆 동네 셰비체이스 도서관에서 상어에 대해 배우는 어린이들. 도서관에서는 다양한 프로그램을 통해 아이들의 호기심을 자극한다.

워싱턴 D.C. 마틴 루서 킹 주니어 기념 도서관 어린이 열람실의 미끄럼틀.
높이가 상당해서 가끔씩 어른들도 탔다.

차분하고 아늑한 분위기의 마틴 루서 킹 도서관 어린이 열람실.

마틴 루저 킹 도서관의 옥상 정원. 작지만 모두에게 열린 도심의 휴식처다.

놀이공원

세상에 상상력이 사라지지 않는 한

주차장에서의 다짐

주위엔 온통 빨간 브레이크등이 켜진 차들이다. 내비게이션 화면에 뜬 일시는 'Thu. Apr. 14. 9:20 AM'. 봄방학 여행의 하이라이트였던 캘리포니아 디즈니랜드에서 남긴 첫 사진을 주차장에 들어가려는 차들 사이에 섞여 기다리는 동안 찍었다.

LA 호텔에서 5번 고속도로를 따라 애너하임까지 와서 주차장진입로의 몇 번째 차선을 타야 빨리 갈 수 있는지까지 알아보고 나선 길이었다. 누군가 남긴 방문 후기대로 빈 차선을 탄 것까지는 좋았는데 그 뒤에 다시 톨게이트처럼 생긴 주차 요금소가 나타나 그 앞에 차들이 장사진을 치고 있었다. 추석 전날 경부고속도로 서울 요금소가 생각나는 풍경이었다.

아이의 인내심이 바닥나기 전에 1분이라도 빨리 입장해야 한다는 강박은 어느새 가라앉아 있었다. 웬만큼 대단하다는 맛집도 줄이 길면 피하는 편인데 이상하게도 그때는 초조해지거나 짜증이 나지 않았다. 그 느낌을 기억하고 싶어서 사진을 찍었다. 롤러코스터도 별로 좋아하지 않고 디즈니 영화의 열렬한 팬도 아닌 나는 에스더가 없었다면 적잖은 돈을 써가며 이 복잡한 곳에 오는 일도 없었겠지만 어쨌든 지금 여기 와 있지 않은가. 그렇다면 오늘을 즐겁게 보내는 일만 남은 것이다. 다른 차에 탄 사람들도 비슷한 생각을 하고 있다는 걸 느낄 수 있었다.

캘리포니아 디즈니랜드 주차 요금소 앞에 늘어선 자동차들.

다들 오늘을 위해 여행비를 모으고, 직장에 휴가를 내고, 작심해서 비싼 티켓을 예매했을 터였다. 최고의 하루를 보내고야 말겠다는 저마다의 결연한 의지가 차창 너머로 전해져왔다. 차들은 앞선 차가 움직이는 만큼씩만 묵묵히 앞으로 나아갔다. 세상에서 가장 행복한 곳(디즈니랜드의 표어가 'The Happiest Place on Earth'다)으로 가는 엄숙한 통과의례였다.

똑같은 풍경이 플로리다 디즈니월드 주차 요금소에도 펼쳐졌다.

여기 아닌 어딘가

디즈니랜드 주차 요금소 앞에서 건축가들이 말하던 '전이轉移 공간'의 의미를 생각했다. 전이 공간이란 성격이 다른 이 공간과 저 공간을 이어주는 일종의 완충 지대다. 그 존재는 '이쪽'과 '저쪽'의 차이가 극명할수록 두드러진다. 산사에 이르는 길에 일주문·천왕문·해탈문을 차례로 세우는 건 사바세계를 떠나 불국정토로 간다는 상징적 의미를 형상화하기 위해서다. 서양의 대성당도 저잣거리로 바로 문을 내기보다는 대개 앞에 광장이나 높은 계단을 둔다. 그곳을 통과하는 동안 웅장함과 화려함에 일

133

단 압도된 뒤에 거룩한 공간으로 입장하도록 설계돼 있다. 고층 빌딩이 등장하기 전, 대성당이 도시에서 가장 큰 건물이던 시절에 이런 장치가 주는 효과는 더 극적이었을 것이다.

신성함과 거리가 먼 디즈니랜드에 전이 공간이 필요한 이유는 종교시설과 방향이 다를 뿐 놀이공원amusement park 또한 일상과 동떨어진 장소이기 때문이다. 놀이공원의 역사는 놀이의 장을 상설 공간으로 만들어 고립시켜온 역사다. 지금까지 운영되는 놀이공원 중 가장 오래된 곳은 덴마크 코펜하겐의 바켄이다. 임진왜란 발발 9년 전인 1583년에 개장했다. 코펜하겐 클람펜보르 지역에서 키르스텐 필이라는 사람이 샘물을 발견했는데 이 물에 치유 효과가 있다는 소문이 퍼지면서 사람들이 이곳으로 몰려들었다. 그러자 군중에게 유희를 제공하는 어릿광대들이 따라 모여들어 천막을 치고 놀이판을 벌이면서 놀이공원이 만들어졌다고 한다. 이곳이 특별한 장소가 된 건 400년 이상 이어져온 덕일 뿐 그 무렵 유럽에 나타난 유원지pleasure garden는 대개 비슷한 형태였을 것이다. 시대가 한참 차이나긴 하지만 역시 오래된 놀이공원 중 하나로 꼽히는 티볼리 가든도 코펜하겐에 있으니 덴마크 사람들은 놀이공원을 만들고 보존하는 데 진심이었던 걸까? 1843년 개장한 티볼리 가든은 월트 디즈니가 디즈니랜드를 만드는 데 영감을 준 곳으로도 알려져 있다.

놀이공원의 역사에서 빼놓을 수 없는 곳은 뉴욕의 코니아일랜드다. 어느 놀이공원의 이름으로 알고 있었는데, '코니아일랜드'는 정확히는 휴양지로 유명한 브루클린의 섬 이름이다. 그 안에 여러 놀이공원이 자리했고 지금도 놀이공원이 운영중이다. 핫도그 가게 네이선스 페이머스Nathan's Famous도 1916년 이곳에서 개업했다. 국내 언론에도 가끔 해외 토픽으로 소개되는, 뉴욕의 핫도그 먹기 대회를 주최하는 바로 그 가게다. 코니아일랜드가 중요한 것은 1895년 이곳에 개장한 시 라이언 파크Sea Lion Park가 최초로 공원 전체에 울타리를 치고 입장료를 받은 상설 놀이공원이기 때문이다.[1] 놀이의 장이 일상에서 격리되기 시작한 것이다.

영화 〈원스 어폰 어 타임 인 아메리카〉의 초반, 누들스(로버트 드니로)가 뉴욕을 떠나는 장면에서 기차역 한쪽 벽 전체를 채우고 있던 '코니아일랜드로 오세요VISIT CONEY ISLAND' 광고를 기억한다. 편도 티켓만 들고 쫓기듯 떠나는 누들스의 쓸쓸한 심정과는 정반대로 군중과 쇼를 묘사한 벽화의 필치는 화려하기만 하다. 1930년대 금주법 시대에 뉴욕을 떠났던 누들스는 1960년대에 노년이 되어 돌아오는데, 귀향 장면에서 이 벽화는 로버트 인디애나의 유명한 그래픽 아이콘 'LOVE'로 바뀌어 있다. 코니

---

1 Judith A. Adams, 『The Amrican Amusement Park Industry: A History of Technology and Thrill』, Twain Publishers, 1991, p. 43.

아일랜드는 회전목마의 장식 전구처럼 반짝반짝했던, 그러나 흘러가버린 시절의 이름이다. 실제로 대공황과 전쟁을 거치는 동안 놀이공원은 황폐화돼 1950년대 들어 한물간 유행 취급을 받았다. 그런 인식 때문에 월트 디즈니는 거대한 놀이공원을 만들 투자금을 유치하는 데 애를 먹었다. 코니아일랜드를 방문했을 때도 쇠락한 모습을 보고 크게 실망했다고 한다.[2] 디즈니랜드가 탄생할 수 있었던 것은 이럴 때 단념하는 범인과 달리 월트 디즈니가 비범한 사람이었던 덕분이다. 그가 보란듯 만들어낸 것이 1955년 개장한 디즈니랜드였다.

코니아일랜드와 달리 디즈니랜드는 대도시 중심부에서 떨어진 위치에 있다. 개장 당시엔 허허벌판이었다고 한다. 처음엔 지금 월트디즈니컴퍼니 본사가 있는 LA 버뱅크 스튜디오 근처를 디즈니랜드 부지로 검토했지만 버뱅크 행정 당국은 이 프로젝트를 반기지 않았다. 그래서 디즈니는 애너하임을 선택했고 결과적으로 훨씬 큰 땅에 훨씬 큰 놀이공원을 만들 수 있었다. 1893년 시카고 박람회에 처음으로 대관람차가 등장한 이래로 '크고 아름다운' 놀이기구는 사람들을 매혹시켰다. 그러나 그런 시설을 도심에 조성하기란 쉽지 않은 일이다. 놀이공원은 그렇게 도시

---

2 Richard Snow, 『Disney's Land: Walt Disney and the Invention of the Amusement Park That Changed the World』, Scribner, 2019, p. 49

를 떠났다. 멀리 자리한 놀이공원을 찾아가는 일은 물리적으로도 일상을 떠나는 형식을 취하게 됐다. 따라서 놀이공원에는 그곳과 일상을 이어주는 전이 공간이 필요하다. 디즈니랜드에서는 주차 요금소가 그런 장소였다.

주차장을 나서면 디즈니랜드 파크까지 운행하는 트램 정류장에서 소지품을 검사했다. 트램에서 내리면 다시 입장권을 확인하는 게이트가 나타났다. 이런 곳이 디즈니랜드의 관문이라고 생각할 수도 있지만, 인파에 떠밀리며 주섬주섬 가방을 헤집고 주머니를 더듬다보면 마음이 번잡해지기 마련이다. 조용한 차 안에서 자신과 마주하게 되는 주차 요금소 구간이야말로 차안과 피안 사이의 중간 지대다. 고작 요금소 하나를 가지고 꿈보다 해몽이 지나치게 좋은지도 모르겠다고 생각하다가 나중에 플로리다 디즈니월드에서 똑같은 장면이 연출되는 것을 보고 확신을 갖게 됐다. 그때까지는 디즈니랜드와 디즈니월드가 다른 곳이라는 사실조차 몰랐는데, 4개의 놀이공원을 모은 플로리다 디즈니파크는 캘리포니아에 있는 디즈니랜드보다 규모가 훨씬 커서 디즈니월드라고 불린다. 파리·도쿄·홍콩 등지에 있는 전 세계 디즈니파크 중에서 유일하게 이름에 '월드'가 들어간다. 그러나 아무리 대단하다 할지라도 그 세계로 떠나는 길은 결국 주차 요금소 앞에서 시작된다. 차들을 줄세우지 않고 요금을 받는 방법도 찾으려면 찾을 수 있을 텐데 지금도 디즈니랜드 주차장 앞에는 길게 차들이 늘어선다. 방문객들이 합당한 마음의 준비를 갖추고 입장하기를 바라는 디즈니의 배려 내지는 미필적 고의인지도 모른다.

자본의 힘으로 움직이는 이상향

월트 디즈니는 미국이라는 나라의 이상적인 모습을 디즈니랜드에 구현하고 싶었던 것 같다. 입장권을 보여주고 캘리포니아 디즈니랜드에 발을 들이니 '잠자는 숲속의 공주'의 성까지 곧게 뻗은 대로가 나타났다. 20세기 초반 미국의 전형적인 소도시를 재현한 이 거리는 그냥 진입로가 아니다. 소방서 2층에 지금은 일반에 개방되지 않는 월트 디즈니의 개인 거처가 있었다는 이 거리는 모든 것의 원점과도 같다. 이름은 'Main Street U.S.A.'. 디즈니랜드는 놀이공원 중에서도 특정 주제에 따라 시설을 조성한 테마파크에 해당하는데, 제1주제는 미키마우스가 아니라 '미국'이다. 디즈니랜드 안의 특정 구역을 가리키는 '프론티어랜드'라든가 '뉴올리언스 스퀘어' 같은 이름에도 미국의 감성이 묻어난다. 철도 노동자의 아들이었던 월트 디즈니는 평생 기차에 관심이 많았고 놀이공원에 철도를 놓는 데도 공을 들였는데, 디즈니랜드 전체를 도는 열차 주위에 펼쳐지는 풍경은 미국의 강

4곳(미시시피강·컬럼비아강·미주리강·리오그란데강)에서 영감을 받아 조성했다고 한다.

미국이라는 토대 위에서 다양한 테마가 변주된다. 기차역 앞에서 미기와 친구들이 어린이에게 손을 흔들어줬고, 잠자는 숲속의 공주가 사는 성은 가장 우뚝한 랜드마크였다. 에스더가 겁을 내서 스타워즈 같은 최신 어트랙션은 포기해야 했지만 아기 코끼리 〈덤보〉나 〈토이스토리〉의 버즈 라이트이어를 테마로 한 클래식 놀이기구도 나쁘지 않았다. 즉 디즈니랜드에 구현된 테마에는 창업 5년차인 1928년에 미키마우스를 만들어냈고, 1980년대 암흑기를 거쳐 1990년대에 애니메이션으로 르네상스를 맞았으며, 이후 픽사나 루카스필름, 마블을 비롯한 인기 콘텐츠의 지식재산권IP을 공격적으로 사들이며 세계관을 넓혀온 디즈니의 면모가 다 드러난다. 1990년대에 십대를 보내며 〈미녀와 야수〉〈라이온 킹〉 같은 작품을 비디오로 빌려 봤던 나는 한동안 디즈니를 그저 만화 만드는 회사로 알았는데, 시대에 따라 달라져온 디즈니의 면모는 그렇게 단순하지 않다. "세상에서 상상력이 사라지지 않는 한 디즈니랜드는 영원히 완성되지 않을 것"이라고 한 월트 디즈니의 말처럼 디즈니가 상상하는 세계가 확장되는 만큼 디즈니랜드도 변모를 거듭할 것이다.

조금 덜 낭만적인 각도에서 보면 영원히 완성되지 않는다는 말은 완성되는 순간 끝이라는 의미로도 해석할 수 있다. 불 꺼진

회전목마처럼 쓸쓸한 것은 없다. 멈추면 추락하는 제트엔진처럼, 정체는 곧 쇠퇴를 의미하기에 더 크고 더 화려하고 더 짜릿한 것을 끝없이 추구할 수밖에 없다. 디즈니랜드에선 방문객들도 그러한 역동에 기꺼이 발을 맞췄다. 거대한 쇼의 무대 의상처럼 미니마우스 머리띠, 인어공주와 엘사와 요다가 그려진 티셔츠를 걸친 사람들을 어디서나 볼 수 있었다. 이튿날 똑같이 콘텐츠의 힘을 앞세운 유니버설 스튜디오에 갔을 때 해리포터나 트랜스포머, 쿵푸팬더 티셔츠 입은 사람을 별로 보지 못했던 것과 대조적인 풍경이었다. 방문객들이 알아서 옷까지 갖춰 입게 만드는 힘이야말로 디즈니의 차별점이다. 그 힘은 생각보다 강력하다. 스스로 놀이공원에 전혀 흥미가 없다고 생각했던 나조차도 여행을 준비하면서 디즈니랜드에서 입을 미키마우스 티셔츠를 샀다. 왠지 그래야 할 것 같았다.

디즈니랜드는 철저하게 자본의 힘으로 돌아간다. 방학이나 연휴면 입장권 가격이 비싸져 시기에 따라 최대 두 배 가까이 차이가 났다. 주차장에서 엘리베이터 가까운 자리에 차를 대려면 요금을 더 내야 했고, 부속 호텔에 묵는 방문객에게는 정식 개장 전에 먼저 입장할 수 있는 특전이 주어졌다.

내가 방문했던 2022년 봄은 '지니플러스'라는 앱이 도입된 지 얼마 안 됐을 때였다. '라이트닝 레인'이라고 했던 종전의 급행료 시스템을 좀더 세련되게 개편한 이 앱을 사용하면 인기 놀이기구를 예약한 뒤 기다리지 않고 탈 수 있었다. 에스더를 데리고 여기까지 왔는데 놀이기구 하나 타겠다고 두세 시간씩 땡볕에 기다릴 수는 없는 일이어서 기꺼이 추가 요금을 냈다. 1인당 25달러 정도였던 것으로 기억한다. 그런데 최고 인기 놀이기구는 거기서 제외돼 그걸 기다리지 않고 타려면 일회성 추가 요금을 따로 또 내야 했다. 수정에 수정을 거듭한 '최최종' 비슷한 '추추가' 요금이랄까.

자본의 논리는 노골적이지만 디즈니의 어조는 완곡하다. 지니플러스 앱은 이름처럼 램프의 요정 지니가 그날 하루 디즈니랜드 여행을 도와주는 콘셉트로 디자인돼 있다. 지니가 식당도 알려주고 곳곳에 포진한 작가들이 찍어준 사진도 정리해주고 놀이기구 예약까지 도와준다. 물론 공짜가 아니다. 〈알라딘〉의 지니는 소원을 들어주지만 스마트폰 속 지니는 결제를 요구한다. "주인님, 상상의 세계로 떠나려면 돈을 내세요!" 돈 낸 만큼 대접받는 것이 당연한 세상이라지만 마지막까지 가장 순수한 무언가로 남아 있어야 할 꿈과 상상마저 돈이 좌지우지하는 현실은 역시 씁쓸하다. 그것이 디즈니 특유의 스토리텔링 솜씨로 잘 포장돼 있다 하더라도 마찬가지다. 미국 매체들이 디즈니랜드가 너무 비싸졌다는 기사를 잊을 만하면 쓰는 이유도 비슷한 불편함을 느끼는 사람이 많아서일 것이다. 「막대한 비용 부담에 디즈니월드 방문객 줄어Disney World Visits Decline as Expenses

「Overwhelmed Visitors」라는 정직한 제목의 블룸버그 기사(2023.10)에 따르면 플로리다 디즈니월드에서 4인 가족이 일주일을 보낼 경우 입장료와 각종 부가 서비스를 더한 비용이 최대 4만 달러까지 올라간다고 한다. 모든 것을 풀옵션으로 해서 계산한 결과임을 감안해야겠지만 미국 사람들이 디즈니랜드 가려고 몇 년씩 돈을 모으고 경우에 따라서는 빚까지 내가며 준비한다는 게 괜한 이야기가 아니라는 사실만은 확실하다.

나 역시 기왕 온 디즈니랜드에서 되도록 많은 놀이기구를 타서 '본전'을 뽑을 생각이었다. 어떤 순서로 어트랙션을 타야 효율적일지, 지도를 계속 들여다보면서 최적의 동선을 파악하려고 애썼다. 그러나 아이는 어른이 바라는 대로 움직이지 않는다. 에스더는 처음에 지니플러스의 도움을 받아 호기롭게 도전한 헌티드 맨션(귀신의 집) 입구에서 무서워서 안 되겠다며 돌아나왔다. 지니플러스로 인기 어트랙션을 예약한 뒤에는 일정 시간이 지나야 다른 예약을 할 수 있기 때문에 그때부터 계획과 동선이 꼬이기 시작했다. 날이 어두워진 뒤에 조금 여유가 생기는 듯했던 스타워즈 어트랙션을 타보자고 하자 피곤하다며 고개를 저었다. 에스더가 가장 즐거워했던 것은 톰 소여 섬에서 처음 만난 친구와 돌무더기에 기어올랐을 때였다. 그런 건 동네에서도 할 수 있지 않느냐고 얘기하려다가 에스더가 즐거워하면 그걸로 됐다고 생각하기로 했다. 다음날 방문한 유니버설 스튜디오에서도 에스더는 가장 인기 있는 쥬라기 공원 어트랙션에 줄을 서는 대신 공룡을 테마로 한 놀이터에서 한참을 놀았다. 입장료가 생각나지 않을 수 없었다. 디즈니랜드보다 훨씬 비싼 급행 티켓[3]을 추가하지 않은 게 그나마 다행이었다. 즐거워하는 에스더 얼굴을 보면서 나는 앞으로 비슷한 일이 생기더라도 "이게 얼마짜린 줄 아느냐"고는 말하지 않기로 마음먹었다.

인생이라는 테마파크

바람이 많이 불었던 그날 저녁 디즈니랜드에선 불꽃놀이 대신 레이저 쇼를 했다. 쇼를 다 보고 밖으로 나왔을 때 애너하임 밤거리는 무척 휑했다. LA로 돌아오는 차 안에서 에스더는 바로 잠이 들었다. 숙제 하나를 무사히 마쳤다는 안도감이 밀려왔다.

긴장이 풀리자 졸음이 찾아왔다. 하품 때문에 눈물 맺힌 눈가를 무심코 훔쳤더니 땀과 섞인 선크림이 눈에 들어가 더 많은 눈물이 나기 시작했다. 거대한 트럭들이 무섭게 추월해가는 야간의 고속도로에서 차를 세울 수도 없는데, 눈이 쓰라려서 운전

---

3 유니버설 스튜디오의 급행 티켓은 디즈니랜드처럼 시간 간격의 제약이 없었고 인기 놀이기구를 한 번씩은 기다리지 않고 탈 수 있다는 콘셉트로 값이 비쌌다. 기본 입장료와 별개인 급행 티켓만 1인당 100달러가 넘었던 것으로 기억한다.

대를 잡은 채로 눈물을 줄줄 흘리는 내 모습이 생각할수록 어이가 없었다. 헛웃음이 나왔지만 번갈아가며 눈을 한쪽씩만 감고 운전을 계속할 수밖에 없었다.

쓰라린 눈의 감각이 꿈을 깨워주는 자극 같다는 생각이 들었다. 몸이 낙하하는 느낌으로 꿈속의 꿈을 넘나들던 〈인셉션〉의 '킥'처럼. 한 시간 전까지도 디즈니랜드의 달뜬 공기 속에 있었는데 눈물을 쏟으며 밤길을 되짚어 돌아오니 에스더가 옅은 숨소리를 내며 자고 있는 호텔방이었다.

밤 비행기로 워싱턴 D.C.에 돌아왔을 때 여행을 끝내고 일상으로 돌아왔다고 생각했다. 그런데 돌이켜보면 그 순간에도 나는 여전히 미국이라는 테마파크 안에 있었던 것 같다. 인생이라는 게 결국엔 거대한 테마파크인지도 모르겠다. 지루한 기다림을 견디고, 때로는 지쳐서 주저앉기도 하다가, 짧지만 짜릿한 즐거움에 다시 힘을 얻으며 우리는 살아가니까.

디즈니랜드에서 에스더가 가장 즐거워했던 톰 소여의 나무집.

석양의 LA 유니버설 스튜디오

자연

호연지지를 영어로 설명하지는 못해도

옐로스톤에서 일기예보를 보는 법

해거름에 도착한 옐로스톤 공원에서 밤을 보내고 이튿날 눈을 떴을 때 시계는 새벽 5시 30분을 지나고 있었다. 오전 6시를 '아침'이라고 부르는지 '새벽'이라고 부르는지에 따라 아침형 인간 여부가 갈린다고 생각해왔다. 그런데 그 시각은 완전한 아침형 인간인 내 기준으로도 아직 새벽이었다. 어제 비행기를 갈아타고 먼길을 왔으니 좀더 눈을 붙여볼까 하고 잠시 뒤척여봤지만 달아난 잠은 다시 오지 않았다. 미국은 본토에만 4개의 시간대가 존재하는 나라다. 산악표준시MT의 와이오밍에 와 있어도 생체 시계는 아직 메릴랜드의 동부표준시ET에 맞춰져 있는 모양이었다. 두 시간 빠른 메릴랜드는 지금 7시 30분이니 일어날 때도 됐다고 생각하면서 이불을 걷었다. 여름방학 시즌 8월은 1년 중 공원이 가장 붐비는 대목이다. 햇빛이 이미 강렬한데 공기는 서늘한 고지대의 감각이 낯설었다. 이곳 올드 페이스풀 여관Old Faithful Inn 객실에 왜 냉장고도 에어컨도 없는지 그 이유를 알 것 같았다.

숙소 바로 옆에서 옐로스톤의 상징 올드 페이스풀 간헐천이 흰 수증기를 뿜어내고 있었다. 간헐천은 불규칙하게 분출해서 간헐천이지만 올드 페이스풀은 이례적으로 분출 시각을 정확하게 예측할 수 있어 '믿음직하다faithful'는 이름까지 붙었다. 로비에 가면 다음 분출 시각이 적혀 있을 것이고, 그때까지 20~30분쯤 기다리면 땅속에서 최대 높이 180피트(55미터)에 달하는 물줄기가 솟아나는 장관을 볼 수 있을 터였다. 그러나 나중을 기약하고 발걸음을 돌렸다. 아이와 다니다보면 예상 밖의 일이 자주 일어나기 때문에 나중을 기약하면 안 된다는 것을, 하고 싶은 일은 생각났을 때 바로 해야 한다는 것을 에스더와 지내며 깨달았지만 이웃 호텔에 가서 와이파이를 쓰는 일이 그땐 더 급했다. 간밤에 묵었던 올드 페이스풀 여관은 1904년에 지은 통나무 건물을 보존하는 데 너무나도 철저했던 나머지 가장 싼 일반실엔 100년 전과 마찬가지로 화장실조차 없었고 객실은 물론 로비에서도 인터넷 접속이 일절 불가능했다. 근처에 비교적 최근에 지은 다른 호텔이 있는데 거기 로비에서는 공용 인터넷을 쓸 수 있다고 했다. 에스더네 반 친구 이브가 먼저 옐로스톤에 와 있었다. 이브 아빠 잭에게 메시지를 보내야 했다.

우리는 옐로스톤에서 플레이데이트를 할 계획이었다. 상의해서 여름방학 계획을 세운 것도 아닌데 마침 옐로스톤에 가는 날짜가 겹친다는 걸 알고 이른봄부터 이야기해온 약속이었다. 전날 베서스다에서 옐로스톤으로 출발하면서 잭에게 메시지를 보내 물었다. 우리와 일정을 맞추는 것이 혹시라도 부담스럽지 않을지. 말이 공원이지 면적이 충청남도보다 넓으니 미리 약속을 정해두지 않으면 태안에 있는 사람에게 지금 논산에서 만나자

와이오밍 잭슨홀 공항에서 160킬로미터쯤 달려 처음 마주한 옐로스톤 국립공원 표지판.

올드 페이스풀 간헐천 일대의 저녁 풍경.

옛 모습이 잘 보존된 올드 페이스풀 여관 로비.

고 하는 꼴이 될 수도 있었다. 잭이 보내온 답장의 마지막 문장이 왜인지 아직도 기억난다. "해봅시다 Let's make it happen!" 이제 시간과 장소를 정해야 했다. 콜로라도 덴버공항에서 환승편을 기다리면서 한 번, 옐로스톤의 관문인 와이오밍 잭슨홀공항에 내려서 곰 퇴치용 스프레이를 빌리기 전에 또 한 번. 휴대전화를 쓸 수 있을 때마다 뜨문뜨문 연락을 이어나갔다. 그리고 마지막으로 '올드 페이스풀 여관에서 저녁에 만나자'는 메시지를 보내야 하는 타이밍에 휴대전화가 안 터지는 옐로스톤 공원에 들어온 것이었다.

휴대전화를 치켜들고 와이파이 신호를 찾던 〈기생충〉 속 반지하 집 식구들처럼, 새로 지었다는 호텔 로비를 서성이며 와이파이 신호 감도를 살폈다. 겨우 연결된 신호는 그러나 생각보다도 훨씬 희미했다. 한국에 있는 아내에게 사진은커녕 잘 도착했다고 카카오톡 한 줄 보내기가 어려웠고 잭에게 보내는 메시지도 전송되지 않았다. 생각 끝에 지메일을 열었다. '에스더랑 저녁 먹으려고 두 명 예약했던 올드 페이스풀 여관 레스토랑에 인원을 네 명으로 늘려달라고 요청하고 확인도 받았으니 오늘 거기서 저녁을 같이 먹고 아이들 놀게 해주자'고 적었다. SEND전송 버튼을 누르면서 메일이 잘 도착하기를 속으로 빌었다. 이 실시간의 시대에 참으로 안 어울리는 소망이었다. 잭 또한 드넓은 공원 어딘가에서 통신망 때문에 불편을 겪고 있을 터였다. 다만 영세 통신사의 선불제 알뜰폰을 썼던 나와 달리 현지인인 그는 아마도 AT&T나 T모바일 같은 글로벌 이동통신사의 제대로 된 요금제에 가입돼 있을 테니 사정이 좀 낫기를 바라는 수밖에 없었다.

"박물관이 아니라 생태계입니다"

옐로스톤에선 철저하게 인간의 편의보다 자연을 우선한다. 한 줄 메시지를 보내기 위해 겪어야 했던 해프닝도 그렇게 보면 이해할 수 있다. 휴대전화가 안 터진다는 사실 자체는 새롭지 않다. 조금만 교외로 나가도 '통화권 이탈'이 되는 곳이 미국엔 많았으니까. 다만 이 정도일 줄 몰랐을 뿐이다. 미국이 자랑하는 국립공원에서 그렇게까지 방문객들을 불편하게 한다는 것이 IT 강국 코리아에서 온 한국인으로서 좀 납득되지 않았을 뿐이다.

하늘이 변덕스럽게 변하는 옐로스톤에선 날씨가 중요한데 일기예보를 종이에 출력해 호텔 로비에 붙여놓은 모습에선 어떤 집요함마저 느껴졌다. 다행히 처음에 불편하기만 했던 통화 불능의 상태도 곧 익숙해졌다. 어느 순간부터는 오히려 마음이 편해지기도 했다. 회사 다닐 때 지긋지긋했던 '그놈의' 스마트폰, 며칠 안 본다고 무슨 큰일이야 날까. 늘 바랐던 '연결되지 않을

위 한국으로 보낼 엽서를 쓰는 에스더.
아래 빌리지마다 식당·숙소·매점과 함께 우체국이 있다.

자유'를 얻었다고도 할 수 있었다. 잠시 세상사를 잊고 자연을 느껴보라는 공원의 배려 같기도 했다.

미국 국립공원관리청NPS 웹사이트에 이 문제에 대한 짧은 언급이 있다. "공원 안에서는 '극도로 제한된' 휴대전화 이용만 가능하며 관광객이 몰리는 여름철에는 통화 수요가 서비스 제공량을 초과할 수 있습니다." 겨울의 옐로스톤은 여름과는 다른 세상이다. 도로가 폐쇄되고 스노모빌 같은 장비를 이용한 접근만 제한적으로 허용된다고 한다. 자연히 통신 수요가 계절에 따라 크게 달라지는데, 가장 수요가 높을 때를 기준으로 삼지 않는다는 이야기다. 언뜻 불합리해 보이는 방침이지만 이를 유지하는 것은 산등성이에 비죽 솟은 통신 기지국이 자연경관을 해친다고 생각하기 때문이다. 생물종뿐 아니라 경관도 보존 대상이다. 휴대전화가 알람시계 역할 정도만 하는 옐로스톤을 세상과 연결해주는 것은 편지였다. 숙소와 식당, 매점 같은 시설이 모인 구역을 빌리지village라고 하는데 빌리지마다 우체국이 있었다. 그곳에서 에스더가 엄마에게 보낸 그림엽서는 몇 주 뒤 한국에 도착했다. 옐로스톤의 시간은 공원 밖의 세상과 다른 템포로 흘러갔다.

인터넷 매체 바이스VICE에서 2017년 옐로스톤 공원에 통신 기지국을 늘리는 문제를 놓고 벌어진 논쟁을 다룬 적이 있다. 「국립공원에서 와이파이와 휴대전화를 이용할 수 있나요Do Wi-

옐로스톤의 상징 그랜드 프리스매틱 온천. 미국에서 가장 크다.

fi and Cell Service Belong in Our National Parks?」라는 기사(2017. 6)를 보면 자연경관을 보존해야 한다는 전통적 접근 방식과 마찬가지로 반론에도 나름대로의 합리적 근거가 있다. 지금은 '공유'와 '좋아요'의 시대다. 공원을 찾은 사람들이 사진과 영상을 바로바로 온라인에 공유하면 자연의 아름다움을 더 널리 알릴 수 있다. 통신 문제가 해결되면 더 많은 사람들(특히 여성들)이 안전에 대한 걱정을 덜고 자연 속으로 더 용감하게 나아갈 수도 있다. 어느 쪽이 옳은가를 따지기 전에 이런 논쟁이 벌어진다는 사실 자체가 미국인들의 진지한 태도를 보여준다.

바이스는 옐로스톤에서 가장 유명한 열천熱泉 그랜드 프리스매틱 온천의 푸른 수면 주변에 기지국이 우후죽순 들어선 광경을 그래픽으로 표현해 기사에 실었다. 쟁점을 시각화하기 위해 만들어낸 이미지이지만 적어도 빠른 시일 안에 기지국이 확충되기는 어려울 것이라는 암시처럼 보였다. 기지국, 전신주, 표지판, 현수막, 송전탑을 비롯한 시설들이 거리낌없이 설치되는 한국의 자연을 돌아보게 하는 이미지이기도 했다.

한국의 자연은 편리하고 친절하다. 그 많은 산의 어지간한 등산로마다 데크와 계단, 하다못해 야자 매트라도 깔리기 마련이고 지자체들은 너나없이 경쟁적으로 케이블카와 출렁다리를 설치한다. 미국의 자연은 무뚝뚝했다. 에스더를 데리고 여러 국립공원·주립공원의 초급자용 트레킹 코스를 틈틈이 걸어봤지만 변변한 표지판 하나 없는 곳이 대부분이어서 집에서 지도를 인쇄해 가거나 일정한 간격으로 나무에 아이 손바닥만하게 칠해 놓은 페인트 자국을 길잡이 삼아 걸어야 했다. 휴대전화가 안 터지는 곳에서 GPS로 트레킹 코스를 안내하는 앱이 유료 서비스를 하길래 '대체 누가 저걸 돈 주고 쓸까' 했다가 일주일 무료 체험을 해본 뒤 결제를 심각하게 고민한 일도 있다.

'있는 그대로의 자연'은 그림 같지 않다. 어딜 가나 불타버린 나무들이 보였다. 전체 면적 중 사람이 다니는 곳은 2퍼센트 정도밖에 안 된다더니 공원이 너무 넓어서 산불을 진화하지 못하는 걸까. 호수에서 노을을 보는 투어 프로그램에 참여했던 날, 비록 하늘이 흐려서 노을은 볼 수 없었지만 불탄 나무에 대한 궁금증을 풀 수 있었다. 가이드는 일몰을 기다리는 동안 잠깐 짬을 내서 곰이 자주 출몰한다는 '스폿'으로 일행을 안내했다. 미니버스 창문 밖으로 불탄 나무들이 보였다. 가이드가 버스에서 내린 우리를 데려간 곳도 검게 그을린 채 꺾이고 쓰러진 나무들이 멀리 내려다보이는 언덕이었다. 곰과 늑대는 100야드(91미터) 이상, 다른 야생 동물도 25야드(23미터) 이상 안전거리를 둬야 한다는 것이 옐로스톤의 규칙이다. '라즈베리'와 '잼'이라는 엄마곰과 새끼곰이 멀찌감치 그 불탄 나무 사이에서 천천히 움직이고 있었다. 가이드가 공원에서는 크고 작은 산불이 곳곳에서 일어나는데 낙뢰 때문에 자연 발생하는 화재는 인명·시설

불타고 쓰러진 나무들. 옐로스톤에서 가장 흔한 장면 중 하나다.

옐로스톤에도 교통 정체가 있다. 야생동물이 길을 막으면 지나갈 때까지 기다려야 한다.
주로 바이슨이 일으키기 때문에 바이슨 잼이라고 부른다.

피해가 예상되지 않는 이상 인위적으로 진화하지 않는다고 설명했다. 산불도 자연의 일부이기 때문이다. 전에는 화재를 적극적으로 진압했다. 새로운 관점이 도입된 것은 1970년대 들어서다. 산불은 자연을 파괴하는 것처럼 보이지만 실제로는 식물의 생장을 촉진하는 측면도 있다. 불길이 높은 나무들을 쓰러뜨려 키 작은 식물들도 햇빛을 고루 누리게 해주고, 솔방울을 감싼 수지를 녹여 안에 갇혀 있던 씨앗을 퍼뜨린다. 자연을 보호한다는 것은 예쁘게 가꾼다는 뜻이 아니다. 국립공원관리청은 이렇게 표현한다. "옐로스톤은 박물관이 아니라 살아 있는 생태계다."

공원의 북쪽 끝까지 다녀오는 길에 바이슨(아메리카들소) 잼 bison jam을 만났을 때 길게 늘어선 정체 행렬 속 어떤 차도 경적을 울리거나 동물을 쫓아내지 않았다. 그것이 규칙이었고, 누가 규칙을 들먹이지 않아도 모두 그렇게 행동했다. 운 좋게도(?) 바이슨이 내가 운전하는 차 바로 앞을 가로막는 바람에 정체 행렬의 선두에서 그 당당한 자태를 자세히 감상할 수 있었다. 차와 맞먹는 저 덩치가 돌진해오면 어떡하나 싶어서 조금 겁도 났지만 느릿느릿 도로로 올라선 바이슨은 멈춰 선 차에는 관심을 두지 않았다. 길을 따라 한참 터덜터덜 걸음을 옮기더니 좀전에 올라온 곳의 반대쪽으로 유유히 사라져버렸다. 무심한 몸짓이었다. 차들을 향해 그만 살펴들 가라고 말하는 것 같기도 했다. 시간이 한참 지나 워싱턴 D.C. 스미스소니언 동물원에 가서도 바

엘로스톤과 잭슨홀 공항 사이, 그랜드 티턴Grand Teton 국립공원의 오래된 교회.
엘로스톤을 떠나는 길에 그랜드 티턴을 보고 공항에서 비행기를 탈 계획이었으나
자연은 인간의 계획에 아랑곳하지 않았다. 새벽부터 내린 비가 겨우 그친 뒤에도 구름은 걷히지 않았고
티턴 산맥의 높은 봉우리들이 교회를 에워싼 장면은 볼 수 없었다. 인간은 역시 자연을 거스르지 못한다.

이슨을 봤다. 옐로스톤에서 압도적이었던 위풍당당함은 간데없고 어쩐지 야위고 권태로워 보이는 한 마리 짐승이 관람객에 등을 돌린 채 엎드려 있었다. 아마도 넓은 들판을 꿈꾸고 있었을 것이다.

가장 자연스러운 자연

옐로스톤은 자연이 잘 보존된 하나의 공원이 아니라 자연 보호라는 사상의 발원지다. 옐로스톤에 이름을 남긴 두 대통령의 행적에서 그 철학이 드러난다. 공원 시설이나 지형지물 상당수가 오늘날 옐로스톤을 만든 이들의 이름을 따랐는데, 그중 대통령으로는 제18대 율리시스 그랜트1869~1877년 재임와 제26대 시어도어 루스벨트1901~1909년 재임가 있다.

　그랜트는 1872년에 옐로스톤을 최초의 국립공원으로 지정한 인물이다. 그때는 서부 탐험의 시대였다. 카메라가 대중화되지 않았던 당시 활발하게 조직됐던 탐험대는 미지의 서부 풍경을 그림에 담아 동부의 도시에 전했다. 화폭에 담긴 경이로운 풍경을 공공의 영역으로 지정해 보호해야 한다는 생각이 지금처럼 당연하지는 않았다. 대부분의 미국인이 "사유화와 자영농의 가치, 그리고 땅을 차지해 생산에 투입할 수 있는 백인 남성의 권리"[1]를 믿던 시대다. 옐로스톤의 국립공원 지정은 상당한 혁신이었을 것이다.

루스벨트는 옐로스톤 국립공원을 탄생시킨 주인공으로 자주 오해받는다. 미국인들 사이에서도 흔한 오해라고 한다. 루스벨트가 열렬한 자연주의 대통령으로 유명한데다 그 이름이 공원에 뚜렷이 남아 있기 때문일 것이다. 가령 옐로스톤의 북동쪽 관문이자 유명한 랜드마크인 루스벨트 아치는 1903년 재임중 옐로스톤을 방문한 루스벨트 대통령에게 헌정됐다. 현무암으로 쌓은 높이 16미터의 웅장한 아치에 새겨진 "사람들의 이익과 즐거움을 위해FOR THE BENEFIT AND ENJOYMENT OF THE PEOPLE"는 루스벨트의 발언이 아니라 1872년에 의회를 통과한 법률에 언급된 국립공원 설정 취지를 발췌한 문장이다. 하지만 대통령으로서 국립공원 5곳을 지정하고 산림청을 창설해 국유림 150곳과 연방 조류 보호지역을 조성한 루스벨트의 업적과도 썩 어울리는 구절이다.[2]

우리가 방문했던 2022년에 옐로스톤은 국립공원 지정 150주년을 기념하고 있었다. 옐로스톤이 미국 최대의 국립공원은 아

1   Nelson, M. K. (2022, March, 2). Five Myths About Yellowstone. www.washingtonpost.com. https://www.washingtonpost.com/outlook/2022/03/02/yellowstone-anniversary-national-parks-myths-roosevelt/

2   https://www.nps.gov/articles/000/theodore-roosevelt-biography.htm

니다. 면적 기준으로 상위 10곳 가운데 7곳이 알래스카에 있고 본토에서도 가장 큰 규모는 아니다. 옐로스톤이 자랑하는 것은 최고最古의 국립공원이라는 사실이다. 거기엔 인간과 자연의 관계를 재정립하고 자연 보호의 기치를 내건 역사에 대한 자부심이 배어 있다.

옐로스톤의 플레이데이트

이메일에 적었던 시각이 다가오자 살짝 초조해졌다. 메일이 잘 전송됐다면 잭과 이브를 만날 것이고 아니라면 못 만날 수도 있었다. 혹시 어긋나도 에스더가 너무 실망하지 않도록 미리 마음의 준비를 시키고 로비로 나갔다. 올드 페이스풀 여관이 자랑하는 로비의 통나무 난간 앞에서 잭이 손을 흔들고 있었다. 집에서 약 3200킬로미터를 떠나와 이웃을 만나니 반가웠다. 예약 경쟁이 치열해 공원 안에 숙소를 구하지 못한 잭은, 첫날 잭슨홀공항에서 내린 우리가 컵라면을 사러 갔던 잭슨에 묵고 있다고 했다. 잭슨은 공원 방문객들이 드나드는 '옐로스톤 타운'이지만 가깝다 해도 160킬로미터쯤 거리다. 우리와 저녁을 먹고 그 길을 되짚어 가야 한다는 게 미안하기도 하고 걱정스럽기도 했다. 더구나 포장은 돼 있지만 가로등도 없고 밤이 되면 야생동물이 출현하는 길이다. 한데 정작 잭은 "세 시간도 안 걸린다"며 대수롭지 않게 얘기해서 미국인의 거리 감각이란 그런 것인가 하고 놀랐다. 나중에 그 이야기를 하니 어려서부터 자동차로 먼 거리를 다니며 자라기 때문에 서너 시간 정도는 "요 앞just around the corner"처럼 느낀다고 했다.

식탁에 조용히 앉아 밥을 먹던 아이들의 인내심이 떨어져갈 때쯤 밖으로 나왔다. 그맘때 아이들이 신기하고 또 고마운 점은 처음 만나도 오랜만에 만나도 바로 어제 만났던 사이처럼 어울린다는 것, 그리고 어른 눈에 아무것도 없는 듯한 공간에서도 반드시 재미있는 무언가를 찾아낸다는 것이다. 에스더와 이브는 서로 반가움을 너무 많이 드러내지는 않으면서 기념품점에서 산 동물 인형을 자랑하거나 아빠들한테 빌린 휴대전화로 우스꽝스러운 목소리를 녹음하며 놀았다. 올드 페이스풀 간헐천 쪽을 향해 나란히 앉은 아이들의 뒷모습을 지켜보며 잭과 나도 이야기를 나눴다. 잭은 배낭에 샌드위치뿐인데 숲속에서 갑자기 토마토 파스타를 찾는 아이 때문에 난감했던 이야기를 했고, 나는 170달러를 내라는 진료소에 가는 대신 매점에서 반짇고리를 사다가 아이 손에서 눈에 잘 보이지도 않는 가시를 빼내느라 애먹었던 이야기를 했다. 베서스다에서 각자 출발하던 날 새벽 공항에 비행기 타러 나오는 것만으로도 이미 지치더라는 이야기를 주고받으며 우리는 같이 웃었다. 언어가 달라도 혼자서 어린

딸을 데리고 멀리까지 온 아빠의 동병상련이 통했다. 지구 반대편에서 태어나 서로 전혀 모르고 살아온 그와 나의 아이들이 지금 친구가 되어 같이 놀고 있다니 생각해보면 신기한 인연이었다. 수많은 사람들이 아이들을 데리고 옐로스톤을 찾지만 이곳에서 같은 반 친구와 플레이데이트를 해본 사람은 별로 없을 거라고 이야기하면서 그가 자란 노스캐롤라이나와 내 고향 충청북도 사이의 거리를 생각했다.

베서스다에서 다시 만나기로 하고 잭과 이브가 떠났다. 에스더와 올드 페이스풀 간헐천 주변을 잠시 걸었다. 여름 해가 아직 조금 남아 있었다. 오랜만에 만난 친구와 시간을 더 보내지 못해서 에스더는 조금 서운한 듯했지만 이내 밝은 표정을 되찾았다. 까불까불하는 모습을 카메라에 담으며 조금씩 붉게 물들어가는 하늘을 봤다. 얕은 강물이 저녁빛에 반짝이고 곳곳에서 간헐천들이 흰 김을 피우고 있었다. '자연 그대로'의 풍경인 동시에 사람이 만든 것이 자연스러움을 해치지 않도록 세심하게 관리된 장면이기도 했다.

옐로스톤은 접근성이 매우 떨어진다. 교통편이 불편한 것은 물론이고, 기상 조건에도 민감해서 수시로 공원의 전체 또는 일부가 폐쇄된다. 미국인들에게도 쉽게 갈 수 있는 곳은 아닌 듯했다. 잭은 자기도 옐로스톤은 처음이라면서, 멀고 불편하지만 아이가 자연의 아름다움을 느낄 줄 아는 사람으로 자랐으면 해

서 여름 휴가지로 정했다고 했다. 그걸 한국에서는 호연지기浩然
之氣라고 표현한다고 말해주고 싶었지만 영어가 짧아 단념했다.
그래도 상관없다. 아파트에서 스마트폰으로 유튜브를 보며 자
라는 아이들이 자연과 마주하기를 바라는 부모 마음은 한국이
나 미국이나 같을 테니까.

별하늘

낮선 홈그라운드

무서운 별밤, 포근한 별밤

월요일이었던 2022년 10월 24일은 학교 수업이 없는 교사 집중 근무일Teacher's professional day이었다. 평소보다 하루 긴 주말을 보낼 콘텐츠가 필요했다. 도시에서 나고 자란 에스더에게 한 번쯤 은하수를 보여주고 싶었던 숙원을 실행에 옮기기로 했다. 당대의 베스트셀러 『재미있는 별자리 여행』(이태형 지음)을 탐독하며 1990년대에 십대를 보낸 독자로서, 한동안 잊고 살았던 별을 오랜만에 들여다보고도 싶었다. 목적지는 펜실베이니아 쿠더스포츠Coudersport. 관광객에게는 거의 알려지지 않았지만 별 보는 사람들 사이에서는 미국 전역에서도 손꼽히는 별하늘이 집에서 다섯 시간 거리에 있었다.

쿠더스포츠는 19세기부터 임업이 발달했던 포터 카운티Potter County에 있다. 구글맵에서 지형terrain 옵션을 켜놓고 보면 골짜기 좁은 평지에 겨우 자리를 튼 동네라는 게 바로 확인된다. 밤을 찾아가는 여행이니 밤길이 어떨지도 생각해야 했다. 메릴랜드에서 애팔래치아산맥을 넘으면 펜실베이니아 북부의 삼림 지대가 펼쳐진다. 늦가을의 숲을 통과하는 길은 아름답겠지만 해가 지면 암흑천지로 변할 게 분명했다. 집에서 갈 때야 어둡기 전에 도착하도록 시간을 조절한다 쳐도 별을 보고 난 뒤에는 얼마쯤 밤길을 운전할 수밖에 없었다.

쿠더스포츠에서도 특히 유명한 곳은 체리스프링스 주립공원이다. "미개발 산림으로 둘러싸인 고지대"에 위치해 천체 관측의 최적지라 자부하는 곳. 다른 것도 아니고 칠흑 같은 어둠이 명물이라는 공원을 밤에 찾아가려니 내키지 않았다. 아무래도 인솔자가 있는 쪽이 마음이 놓일 것 같아서 아마추어 천문가가 공원 근처에서 운영하는 천체 관측 프로그램을 예약했다. 무섭지 않고 포근한 별밤을 상상하려고 의식적으로 애를 썼다. 다행히도 어두운 곳에서 괜찮을까 저어하던 마음이 조금씩 가라앉았다.

밤하늘에 동경을 품는 사람들

우주의 기원을 밝히는 것은 과학자의 몫이지만 밤하늘을 동경하는 것은 아마추어에게 더 어울리는 일이다. 여행을 준비하는 동안 같은 마음을 가진 이들이 어디선가 같은 하늘을 올려다보며 함께하고 있다고 느꼈다. 별을 보는 사람은 어두운 하늘 아래서도 쓸쓸하지 않다.

북미에서 별 보기 여행을 준비할 때 가장 먼저 확인해야 하는 것은 '클리어 스카이 차트Clear Sky Chart'다. 웹사이트로 확인 가능한 일종의 천체 관측용 특화 예보로, 특정 지점 반경 24킬로미터(15마일) 이내에서 보이는 하늘의 상태를 알려준다. 일반 일기예보가 비가 오는지, 날이 추운지 더운지에 초점을 맞춘다면 이 차트는 시정視程, 운량雲量, 대기 투명도, 연무, 풍속, 습도 같은 데이터를 종합해서 별이 얼마나 보일지를 예측한다. 일요일 밤에 별을 보고 월요일에 메릴랜드로 돌아오려다가 토요일로 디데이를 바꾼 것도 일요일 밤 운량이 많다는 차트의 예보 때문이었다.

차트를 만든 아틸라 댄코1955~2024는 캐나다의 아마추어 천문가였다. 소프트웨어 엔지니어이기도 했던 댄코는 캐나다기상센터CMC가 제공하는 천문 예보의 국제표준시UTC를 자신의 시간대인 동부표준시EST로 매번 환산하는 번거로움 때문에 클리어스카이 차트를 개발했다고 한다. 바탕이 된 예측 모델은 캐나다기상센터의 기상학자이자 아마추어 천문가인 앨런 라힐이 만들었다. 비록 웹사이트 디자인은 매끈하지 않지만 북미 지역 천문대·관측소 6000여 곳의 정보를 제공하는 차트는 상당히 체계적이다. 들여다보고 있으면 초보자들을 밤하늘로 안내하는 아마추어 전문가 '고인물'들의 호의 같은 것이 느껴진다.

아틸라 댄코는 국제천문연맹IAU이 공인한 고유번호 161693번 소행성의 이름이기도 하다. 미국 뉴멕시코의 천문대에 있는 망원경을 원격 제어해서 2006년에 이 소행성을 발견한 앤드루 로 역시 캐나다의 아마추어 천문가다. 로는 자신이 발견한 소행성에 가족과 친구의 이름을 붙여왔다고 한다. 캐나다의 천문가 사회에서 활동하며 댄코와도 교류했겠지만 그 이름을 소행성에 붙인 이유가 개인적 친분 때문만은 아니었을 것이다. 아틸라 댄코라는 명명命名은 많은 이에게 길잡이가 돼준 동료에 대한 전문가적 경의의 표현으로 보는 게 자연스럽다.

쿠더스포츠가 이름을 알린 배경에도 헌신적인 아마추어들의 존재가 있다. 국제어두운밤하늘협회International Dark-Sky Association가 체리스프링스 주립공원을 밤하늘 보호공원Dark-Sky Park으로 지정한 일이 결정적 계기였다. 이름만 들어선 다소 실없어 보이기도 하는 이 협회는 전 세계 2000명 이상의 자원봉사자로 구성된 비영리 기구다. 밤의 생태계를 위협하는 광공해의 위험성을 알리고 자연 그대로의 어둠을 보전하는 일을 한다. 구체적인 활동 중 하나가 밤하늘이 어두운 장소를 인증하는 것인데, 인증을 받은 세계의 공원 130곳에 체리스프링스 주립공원이 포함된다. 미국의 경우 이런 공원 대부분이 외딴 서부에 몰려 있고 인구밀도가 높은 북동부엔 인증받은 곳이 체리스프링스를 포함해 두 곳뿐이다. 이런 것을 조사하고 인증하는 기관이 있다는 사실을 처음 알았을 때 호기심과 함께 약간의 감동을 느꼈다. 남들이 예사로이 생각하는 것을 예사롭지 않게 여기는 이들의 유쾌하면서도 진지한 열정이 전해졌기 때문이었다.

완벽한 어둠을 기다리며

아침에 집을 떠나 숙소에 도착하니 늦은 오후였다. 이 인터넷의 시대에 전화로만 예약을 받았던 그 숙소는 호텔보다는 영화에서 본 모텔에 가까웠다. 아직 해가 조금 남아 있을 때 근처 중국 음식점에서 이른 저녁을 먹었다. 음식맛은 그저 그랬지만 맥도널드와 미국식 밥집 몇 군데뿐인 그 동네에선 나름대로 별식에 해당하는지 식사하는 동안 포장 주문 전화가 계속 걸려왔다.

　이제 별을 보러 갈 시간이었다. 별보기 투어를 하는 곳은 쿠더 스포츠 읍내에서 20분 정도 거리에 있었다. 전에 체리스프링스 공원에서 환경 교육 담당자로 일했다는 아마추어 천문가가 은퇴한 뒤에 공원 근처 자기 땅에서 투어를 운영하며 '별지기' 노릇을 한다고 말했다. 예약자들은 그가 창고로 사용하는 '빨간 전등이 달린 흰 건물'을 찾아오도록 안내를 받았다. 주변에 표지판도 가로등도 없는 그곳에서 빨간 전등은 약속 장소를 식별하는 유일한 표지이자, 이제부터는 어둠에 적응한 눈을 자극하는 백색광을 조심하라는 경고 같은 것이었다. 그 앞에서 출석 체크를 한 뒤, 자동차 헤드라이트 불빛이 다른 참가자들의 암순응暗順應을 방해하지 않도록 멀찍이 주차를 해놓고 하나둘 관측장으로 모여들었다. 망원경을 비롯한 관측 도구와 접이식 의자를 차려놓은 그 자리는 마당이라기엔 지나치게 넓어서 들판이라는

말이 더 어울리는 곳이었다. 투어라는 이름이 붙어 있지만 어딘
가로 이동하는 것은 아니고, 이 관측장에서 별자리에 대한 설명
을 들으며 하늘을 올려다보는 프로그램이었다.

한겨울 채비를 했는데도 10월 말 밤은 꽤 쌀쌀했다. 해는 이
미 떨어져서 곁에 있는 사람들의 모습이 너울거리는 실루엣처
럼 보였다. 이윽고 멀리 야트막한 능선에 자취만 남았던 노을의
마지막 붉은빛이 사라졌다. 스마트폰을 켜는 사람은 없었다. 인
공의 빛을 그 정도로 철저하게 배제한 장소에 있어본 적이 언제
였던가. 밤은 도시에도 매일 찾아오지만 그것과는 다른 종류의
어둠이었다.

클리어 스카이 차트의 예보대로 하늘은 구름 없이 맑았다. 처
음엔 생각만큼 별이 보이지 않는다고 느꼈다. 30분쯤 지나서야
총총하게 하늘을 뒤덮은 별들이 눈에 들어왔다. 북두칠성과 카
시오페이아조차도 도시 하늘에서는 못 본 지가 오래였는데……
250만 광년을 건너온 안드로메다은하의 빛이 희미하게 감지됐
다. 계절 특성상 여름처럼 뚜렷하지는 않지만 은하수도 밤하늘
을 가로지르고 있었다. 우리의 별지기는 광선이 선명하게 하늘
까지 뻗어나가는 녹색 레이저포인터로 밤하늘을 구석구석 짚어
가며 이야기를 풀어나갔다. 우리말로도 쉽지 않은 별자리 이름
과 천문 용어를 영어로 다 알아듣기는 무리여서 겨우 따라가던
설명을 어느 순간 놓치고 말았지만 상관없었다. 말이 별로 필요

쿠더스포츠의 작은 밀스트림 여관.

완벽한 어둠이 내리기 직전, 실루엣으로 너울거리는 사람들.

없는 광경이었다. 에스더도 처음처럼 귀기울여 듣지 않는 듯했다. 도시의 불빛에 가려 잘 보이지 않을 뿐 밤하늘은 원래 이런 모습이라는 것만 기억해주면 좋겠다고 생각했다.

프로그램이 끝난 뒤에도 사람들은 한동안 자리를 떠나지 않았다. 그들 사이에서 잠시 서성이다가 길을 되짚어 숙소로 돌아왔다. 불빛 없는 밤길은 과연 어두웠지만 어딘가 모르게 포근하기도 했다. 큰 짐승이 튀어나온다든가 하는 불상사는 벌어지지 않았다. 돌아오는 길은 걱정했던 것처럼 길거나 무섭지 않았다.

숙소로 돌아오니 긴장감이 사라졌다. 마음이 편했다. 허술해 보이던 숙소도 그만하면 아늑하게 느껴졌다. 일찍 길을 나선 이튿날 아침 메릴랜드를 향해 30분 정도 차를 몰다가 운전대를 돌려 돌아왔다. 남기고 싶은 사진이 있었다. 체리스프링스 주립공원 일대의 44번 도로 표지에는 '별나라행 고속도로Highway to the Stars'라는 안내판이 붙어 있다. 비록 시골 국도나 다름없는 왕복 2차로의 '하이웨이'일지라도 그 길은 별에 닿는 길이다. 딱히 사진을 열심히 찍는 편은 아니지만 아마도 가장 시적인 교통 표지판일 그 모습은 남겨두고 싶었다.

나중에 한국에 돌아와 문화부에서 출판 분야를 취재하게 됐을 때 『재미있는 별자리 여행』의 개정판이 34년 만에 재발간됐다. 조선일보 북스 면 '잠깐 이 저자' 코너에 실린 인터뷰(2023. 9)에서 저자는 이런 말을 했다. "밤은 무섭지만, 별을 알면 어딜 가든 홈그라운드가 된다." 쿠더스포츠에서 보낸 밤, 나의 심경에 딱 맞는 표현이었다. 펜실베이니아의 밤하늘 아래서 안도감과 익숙함을 느꼈던 것은 그즈음 외국 생활이 제법 몸에 익어서만은 아니었다. 그 느낌은 결국 고향이 주는 충만감이었다. 도시의 하늘 아래 살면서 우리가 별을 그리워하는 이유도 별이 보이는 곳이 우리의 고향이기 때문일 것이다.

펜실베이니아 체리스프링스 주립공원 일대의 도로 표지판.

길

동행이 된다는 것

로드 트립이라는 로망

여름방학에·애틀랜타까지 한 번, 늦가을에 보스턴까지 또 한 번. 두 차례의 자동차 여행은 길이 곧 무대였다. 비행기에서 잠든 채 목적지까지 가서 다시 렌터카를 타는 여행과, 처음부터 자동차로 떠나는 여행은 달랐다. 여러 날에 걸쳐 주 경계를 여러 번 지나며 길 위에서 여러 가지 생각을 하게 된다는 점에서 당일치기 데이 트립day trip과도 차이가 있었다.

미국에 가면 로드 트립을 하고 싶었다. 그전까지 길이란 체증滯症의 동의어일 뿐이었기에 로드 트립은 일종의 로망으로 남아 있었다. 미국에 와서 처음 자동차를 살 때 중고 아닌 새 차를 선택한 것도 한 번은 장거리 여행을 하리라는 생각 때문이었다. 미국에 갓 도착한 2022년 1월은 전 세계적으로 자동차용 반도체 공급 차질이 최악의 상황일 때여서 괜찮다 싶은 중고차는 새 차와 가격이 똑같기도 했지만.

로망이라기엔 내가 상상한 로드 트립은 여기저기서 본 클리셰의 종합에 가까웠다. '200마일 이내 주유소 없음' 표지판을 지나 외로운 고속도로를 달리고, 마침내 나타난 외딴 주유소에서 뜨내기 동양인에게 누가 시비를 걸어오지는 않을지 두리번거리면서 연료를 채운 뒤, 날이 저물면 터무니없이 발랄한 모텔 네온 입간판 아래 차를 세우고 하룻밤 묵어가는 일. 별로 아름답지 않고 꽤 위험할 수도 있지만 그런 여행이야말로 땅이 넓어도 너무 넓은 이 자동차의 나라에 가장 어울리는 게 아닐까 막연하게 생각했다.

실제로 길에서 만난 풍경은 조금 달랐다. 우선 '주유소 없음' 표지판은 텍사스나 서부의 무인지경에서나 나타나는 모양이어서 남부와 동부의 인터스테이트 하이웨이Interstate Highway에서는 마주칠 일이 없었다. 1950년대 아이젠하워 행정부가 계획한 주간州間 고속도로 시스템 인터스테이트 하이웨이는 왕복 2차로 구간이 많은 기존 'US 하이웨이' 시스템의 한계를 극복하기 위해 만들어졌다. 한국에서 생각했던 '고속도로'의 이미지처럼 길이 넓고 곧았다. 주유소 역시 생각처럼 흉흉하지 않았다. 영화에서 주유소는 대개 뭔가 사건이 일어나는 장소, 주인공이 건달에게 둘러싸이거나 인화성 물질이 폭발을 일으키는 장소로 나오지만 고속도로변 휴게소 타운의 주유소는 깔끔했고 화장실도 제법 쓸 만했다. 미국에서 오래 산 어느 친구의 조언대로 주유소만 달랑 있는 곳보다 식당이나 호텔이 주변에 같이 있는 곳을 주로 찾아다녔기 때문일 수도 있다. 다니다보면 덩그러니 낡은 주유기가 놓인 주유소에 차를 세워야 할 때도 물론 있었다. 그럴 땐 조금 긴장도 됐지만 주유소에서 난감한 일을 당한 적은 없었다.

사우스캐롤라이나의 '초승달과 야자수' 깃발

여름방학이 끝나가던 8월 말, 베서스다에서 애틀랜타까지 갔다가 돌아오는 데 8박 9일이 걸렸다. 약 2600킬로미터 거리의 그 여정은 미국의 뿌리를 찾아가는 길처럼 느껴졌다. 그 뿌리는 남북전쟁에 닿아 있다. 테마를 정해 떠난 길이 아니었는데도 곳곳에서 남북전쟁이 남긴 역사적 유산을 만날 수 있었다.

끝난 지 150년이 넘었어도 남북전쟁의 흔적은 여전히 미국 사회 곳곳에 남아 있다. 잘 보이지 않을 뿐이다. 예컨대 어느 주말 메릴랜드 남부로 가는 길에 들렀던 식당에선 두 종류의 샌드위치에 양키Yankee와 딕시Dixie라는 이름을 붙여 팔았다. 한국에서 멸칭이 된 양키는 원래 북동부인의 별명이었다. 딕시는 남부를 가리키는 말이며 남북전쟁 시기에는 〈딕시의 땅Dixie's Land〉이 남부연합의 비공식 국가처럼 불렸다고 했다. 메이슨-딕슨 라인(북부 자유주와 남부 노예주의 경계선) 남쪽에 있으면서도 남부연합에 가담하지 않았던 경계주 메릴랜드의 식당에서 양키와 딕시를 샌드위치 이름으로 쓰다니 이 모습을 어떻게 이해해야 하는지 조금 혼란스러웠다.

성가신 팁 문화도 기원을 찾아 올라가면 남북전쟁의 원인이 된 노예제가 나온다. 해방 노예들이 제대로 임금을 받지 못하고 손님의 적선으로 먹고살던 관습이 시스템으로 굳어진 게 팁 문화다. 코로나 팬데믹을 거치며 팁 액수가 크게 오르고 팁을 요구하는 방법도 교묘해져서 미국인 사이에서도 선을 넘었다는 논란이 일고 있었다. 식당의 경우 총액의 20퍼센트가 기본이었고 15퍼센트를 내면 무례한 손님으로 간주될 위험이 있었다. 내가 가본 음식점 중에는 음식값의 22퍼센트를 '팁 및 봉사료' 명목으로 영수증에 기본 추가해놓고, 꼭 더 낮은 팁을 줘야겠다면 그걸 지우고 새로 적으라고 칸을 따로 만들어둔 곳도 있었다. 커피 한 잔을 테이크아웃할 때도 종업원은 결제 단말기의 팁 선택 화면을 손님 쪽으로 돌려 꼬박꼬박 들이밀었고, 빤히 보는 앞에서 차마 '팁 없음NO TIP'을 누를 수가 없어서 1달러라도 내곤 했다. 그러나 당혹스럽고 억울할 뿐 그때도 노예제라는 역사적 배경을 떠올리진 못했다. 남북전쟁의 유산은 이처럼 광범위하면서도 희미하다.

영어로 '아메리칸 시빌 워American Civil War'인 이 전쟁을 우리는 말뜻 그대로 미국 내전이라 부르지 않고 '남북'전쟁으로 번역한다. 습관적으로 미국을 남과 북으로 나눠 인식하는 것이다. 경제·문화의 중심지 뉴욕과 정치적 수도 워싱턴 D.C.를 비롯해 우리에게 익숙한 미국은 대체로 '북'에 속한다. 나 또한 전에 몇 차례 미국에 와본 적이 있어도 '남'으로 향하는 것은 처음이었다.

먼길을 가려면 일정을 신경써서 짜야 했다. 아침 일찍 출발해 최대 약 480킬로미터까지만 움직이고 오후엔 도착한 도시를 둘러보다가 하룻밤 묵는 것을 기본 패턴으로 정했다. 베서스다에서 450킬로미터 떨어진 노스캐롤라이나 채플힐Chapel Hill이 첫 기착지로 정해졌다. 대학도시여서 그랬는지 남부의 지역색은 뚜렷하게 느껴지지 않았다. 노스캐롤라이나대 캠퍼스 앞 한국 치킨 체인점에서 양념통닭과 돌솥비빔밥으로 저녁을 먹었다.

이튿날 사우스캐롤라이나 경계를 넘어 도착한 찰스턴부터 딥사우스deep south(경제 구조에서 플랜테이션 의존도가 특히 높았던 최남부 지역)가 펼쳐졌다. 남부의 경제를 떠받치던 대농장 매그놀리아 플랜테이션Magnolia Plantation에선 치렁치렁한 아열대식물 스패니시 모스를 배경으로 농장주의 대저택과 노예들의 오두막이 대조를 이뤘다. 남북전쟁의 첫 교전지였던 찰스턴 항구의 섬터 요새Fort Sumter에선 전쟁 발발 당시의 별 33개짜리 성조기가 파란 여름 하늘을 배경으로 나부꼈다. 1860년 대선에서 노예제 폐지를 주장한 링컨이 승리하고 사우스캐롤라이나가 연방 탈퇴를 선언한 뒤에도 섬터 요새 수비대장이 연방에 계속 충성하겠다고 선언하자 남부연합 군대가 요새를 공격해 남북전쟁의 첫 교전이 발발한다. 수비대가 버티지 못하고 철수하며 성조기를 향해 발사한 예포가 폭발해 사망한 병사가 첫 전사자였다. 그러나 이런 장면들은 연재 끝난 대하소설처럼 이미 완결된 역사다.

섬터 요새에 걸린 성조기. 남북전쟁 발발 당시처럼 별이 33개다.

섬터 요새는 찰스턴항 앞바다의 섬에 있다. 항구와 섬을 잇는 여객선에 성조기와 사우스
캐롤라이나의 '초승달과 야자수' 깃발이 함께 걸렸다.

매그놀리아 플랜테이션의 옛 농장주 저택.
나무에 치렁치렁 늘어져 자라는 스패니시 모스는 남부를 상징하는 식물이다.

보다 생생하게 생각거리를 던지는 장면은 멸균 포장된 관광지가 아니라 길에 있었다. I-95 고속도로를 타고 사우스캐롤라이나에 들어서자 번호판에 '초승달과 야자수'가 그려진 차들이 나타나기 시작했다. 그저 야자수가 흔해서가 아니다. 문양에 역사적 의미가 있다. 우선 초승달 모양은 실제론 달이 아니라 18세기 독립전쟁 때 지역 민병대가 착용했던 군복의 목 가리개gorget다. 야자수는 영국군의 포격을 막아주었던 팔메토palmetto(남성용 건강식품 광고에 나오는 미국 동남부산 야자수 '쏘팔메토'의 그 팔메토다) 나무를 가리킨다. 팔메토 문양은 사우스캐롤라이나가 최초로 연방에서 탈퇴한 직후인 1861년 1월, 주 깃발로 채택됐고 그해 4월 함락된 섬터 요새에도 걸렸다. 남부연합 전통에 뿌리를 둔 주기州旗가 미국에 여럿 있지만 팔메토 깃발은 "미국 국기를 최초로 대체한 분리 독립주의의 기치"라는 의미를 갖는다.[1] 그렇게 보면 섬터 요새까지 우리를 데려다준 여객선에 성조기와 이 깃발이 함께 걸려 있던 건 꽤 아이러니한 장면이다.

미국에서 학창시절을 보낸 친구가 여행길에 남부연합기를 보고 "미국 사회의 치유력이 좋은 건지 나쁜 건지 헷갈린다"고 말

---

1 Brockel, G. (2023, September, 10), 7 State Flags Still Have Designs with Ties to the Confederacy, The Washington Post, https://www.washingtonpost.com/history/2023/09/10/confederate-state-flags/

한 적이 있다. 나라가 쪼개질 위기까지 갔던 분열의 상징을 지금
도 버젓이 내걸다니. 달라진 게 아무것도 없다는 의미인지, 이제
그쯤은 자유의 이름으로 포용할 수 있다는 것인지 혼란스럽다
는 뜻이었다. 남부연합기는 이제 차별의 상징으로 지목돼 갈수
록 금기시되는데 '초승달과 야자수'는 아무 일도 없었다는 듯 펄
럭인다.

<스와니강>의 추억

반환점이었던 조지아의 애틀랜타를 지나 다시 메릴랜드 쪽으
로 방향을 틀었을 때 표지판에 스와니Suwanee라는 이름이 나타
났다. 운전중이라 사진을 남기지 못하고 저녁에야 지도를 찾아
봤다. 스와니강은 실제론 오전에 지나친 스와니에서 남쪽으로
480킬로미터쯤 떨어진 오케페노키 습지에서 발원해 더 남쪽 플
로리다의 멕시코만으로 흐르고 있었다. "머나먼 저곳 스와니 강
물"을 가까이 스쳐지났을지 모른다는 기대는 빗나갔지만 오랜
만에 만난 그 이름이 반가워 유튜브에서 <스와니강>을 찾아 들
었다. 눈치 빠른 알고리즘은 스티븐 포스터의 남북전쟁기 미국
민요들을 재빨리 추천해줬다. 덕분에 어려서 좋아했던 노래들
을 본고장에서 듣는 호사를 누렸지만 추억의 뒷맛은 씁쓸했다.

동심 파괴랄까. 번안곡으로 배웠던 그 노래들의 원문 가사가 지금 눈으로 보면 정치적으로 매우 올바르지 못하다는 사실을 알게 됐기 때문이다.

〈스와니강〉의 또다른 제목은 '옛집의 사람들 Old Folks at Home'이다. 백인인 포스터가 쓴 가사에서 흑인 노예 화자는 "아직도 옛날 플랜테이션을 그리워한다 still longing for de old plantation"고 노래한다. 플로리다의 주가州歌인 이 곡은 이 부분을 "아직도 어린 날의 목장을 그리워한다 still longing for my childhood station"로 바꿨다. 노예가 질곡의 세월을 그리워한다는 가사도 그렇지만 'the'라는 철자를 무시하고 소리 나는 대로 쓴 정관사 'de' 역시 문제적이다. 오리지널 가사는 이처럼 river가 ribber로, there는 dere로, every는 ebry로 표기돼 있다. 교육받지 못한 흑인 노예의 부정확하고 투박한 영어를 묘사한 것처럼 보이는 이런 표현이 당시엔 자연스러웠겠지만 요즘 기준으로 보면 블랙페이스의 소지가 다분하다. 흑인 아닌 배우가 흑인 분장을 하고 흑인을 희화화하는 블랙페이스는 19세기에서 20세기 초까지 희극의 일종으로 유행하다가 차별적이라는 이유로 점차 사라져 지금은 엄격한 금기가 됐다. 포스터의 또다른 명곡 〈오 수재나Oh! Susanna〉는 훨씬 노골적이다. "멀고먼 앨라배마 나의 고향은 그곳"이라던 아련한 향수의 정서는 1절에만 해당하고, 지금은 거의 사장된 그뒤 가사로는 "전기가 흐르는 액체가 퍼져나가서 검둥이

500명이 죽었다de lectric fluid magnified and killed five hundred nigger"
는 구절이 모호한 맥락에서 이어진다.

　조지아에서 노스캐롤라이나로 넘어와 이튿날 롤리를 거쳐 버지니아주 경계를 넘었다. 버지니아엔 〈그 옛날 버지니로 날 보내주오Carry Me Back to Old Virginny〉라는 노래가 있다. 포스터의 작품은 아니지만 이 노래 역시 떠나온 흑인 노예가 좋았던 옛날을 그리워하는 내용이다. "세상에 나 태어난 버지니보다 더 사랑하는 곳은 없네"라든가 "먼저 가신 주인님과 마님을 황금 해변에서 만나 다시는 헤어지지 않으리" 같은 가사의 어조는 당혹스러울 만큼 적극적이다.

　유튜브에 여러 뮤지션들이 연주한 버전이 올라와 있는데, 가사가 다양한 방식으로 순화돼 있다. 흑인 재즈 뮤지션 레이 찰스는 '니거nigger'만큼이나 문제적 용어인 '검둥이darkie' 대신 '나I'를 1인칭 대명사로 사용한다. 합창 버전은 버지니아를 "목화밭과 노란 옥수수밭에서 종일 일하던 곳"으로 지칭한다. "늙은 주인님 위해 노란 옥수수밭에서 매일 열심히 일하던 곳"이라는 원래 가사와 뉘앙스가 다르다. 가장 차별적인 오리지널 가사는 1937년작 뮤지컬 영화 〈메이타임Maytime〉에 삽입된 소프라노 저넷 맥도널드와 바리톤 넬슨 에디의 이중창에 나온다.

　음악 시간에 먼 나라를 상상하며 불렀던 노래들이 여행하는 내내 머릿속을 떠나지 않았다. 그 가사에서는 소리 없는 투쟁이 벌어지고 있다. 그러나 몇몇 단어를 한사코 피한다고 해서 있었던 일이 없던 일로 변하지는 않는다. 오히려 그런 시절을 우리가 지나왔다는 징표로 남겨두는 데서 이 올바르지 못한 아름다움의 현재적 의미를 찾아야 할 것이다.

장소와 장소, 사람과 사람

"메릴랜드에서 아홉 시간 운전해서 오셨나요?"

찰스턴의 호텔에 체크인하면서 내 민 운전면허증을 보더니 프런트 직원이 물었다. 몸에 밴 직업적 친절일 뿐 정말 궁금해서 묻지는 않았을 것이다. 전날 채플힐에서 묵고 오는 길이어서 그리 멀지는 않았노라고 나도 짧게 대답했다.

의례적이었던 그 문답이 지리적 심상을 마음속에 구체적으로 심어주었다. 관광도시이자 항구도시인 찰스턴은 제주도와 부산을 섞어놓은 듯한 분위기가 어딘가 모르게 익숙했지만 2015년 악명 높은 총기 난사 사건이 벌어졌을 때 이름을 들었던 기억이 언뜻 떠오를 뿐 사실 이 여행을 준비하던 때까지도 정확한 위치조차 알지 못했다. "아홉 시간을 운전해서 온다"는 표현은 그랬던 내게 이 낯선 도시가 베서스다와 길로 이어져 같은 현실을 공유하고 있다는 실감을 줬다. 서울에서 부산까지 여섯 시간쯤 걸린다고 우리가 이야기하듯 웬만한 사람은 '하루종일'도 '열 시간'도 아니고 아홉 시간이라는 구체적 값을 댈 수 있는 곳에 지금 와 있는 것이다.

채플힐에서 이튿날 찰스턴으로, 다시 서배너로, 그뒤엔 애틀랜타, 샬럿, 리치먼드로. 경유지를 하나하나 지날 때마다 지도상에 적힌 이름에 불과했던 도시들이 차례로 다가와 내 경험의 일부가 되었다. 비행기로 다녀왔던 LA나 올랜도가 베서스다의 일상에서 동떨어진 곳이라고 느꼈던 것과 정반대였다.

길을 따라갈 때 비로소 이곳과 저곳이 연결된다. 왕복 2600킬로미터라고 해봐야 여전히 미국 땅의 작은 일부에 지나지 않았지만 나는 적어도 그만큼의 미국을 물리적인 실체로 인식할 수 있었다.

길은 또한 사람과 사람을 이어주었다. 자동차 여행은 좁은 밀폐 공간에 동행과 고립되는 일이어서 자연스럽게 관계의 밀도가 높아진다. 에스더와 길 위의 여행을 오래 하다보니 어느새 동반자 의식이 자라났다. 늦가을의 뉴잉글랜드[2] 여행에서 낙엽 내리는 프린스턴과 예일, 하버드 캠퍼스의 아름다움을 기억하길 바라는 아빠의 기대에 아랑곳하지 않고 에스더는 흙장난과 개

---

2 뉴햄프셔, 메인, 버몬트, 로드아일랜드, 매사추세츠, 코네티컷의 동부 6주. 초창기 영국 식민지가 건설된 곳이어서 '미국의 발상지'로도 불린다.

미 관찰에 더 큰 흥미를 보였다. 처음엔 답답했지만 약간의 인내심을 발휘해서 잠시 기다려주면 아이는 너무 늦지 않게 손을 털고 일어섰다. 차멀미를 하는 에스더는 차가 움직이기 시작하면 속이 울렁거린다고 할 때가 많았고 언제 도착하느냐고 끝없이 질문해 운전하는 나의 인내심을 시험하기도 했다. 그러다가도 잠깐의 짬을 주면 곧 웃는 얼굴을 되찾고 다시 적극적인 모습을 보여주었다. 어리고 약한 줄만 알았던 아이의 회복력은 어른의 생각을 훌쩍 뛰어넘었다. 그렇게 우리는 먼길을 갈 수 있었다.

뉴잉글랜드 여행의 마지막 기착지는 베서스다로 돌아오는 길에 들른 뉴욕이었다. 에스더와 센트럴 파크를 같이 걸었다. 무심코 발밑을 내려다보니 낙엽 쌓인 길에 에스더와 나의 그림자가 보였다. 내가 에스더를 데리고 다닌다고만 생각했는데 그림자를 보니 손잡고 나란히 걷고 있었다. 우리는 아빠와 딸이면서 길 위의 동행이었다. 그날의 그림자를 오래 기억하겠다고 다짐했다.

뉴욕 센트럴 파크를 함께 걷는 그림자.

박물관

미국인은 누구인가

스미스소니언의 도시

에스더를 데리고 워싱턴 D.C.로 가게 됐다고 이야기하면 "박물관이 워낙 잘되어 있어서 아이와 지내기 괜찮을 것"이라는 반응이 돌아올 때가 있었다.

워싱턴 D.C.가 박물관의 도시인 것은 스미스소니언재단이 있기 때문이다. 한국에 있을 때는 어느 박물관의 이름으로 알았던 스미스소니언은 1846년 설립된 연방정부 산하 교육재단이다. 설립 기금을 출연한 제임스 스미스슨은 영국인이었다. 미국 최초의 박물관은 흔히 1773년에 설립된 찰스턴박물관이라고 한다. 초창기 미국 '박물관'들은 서커스에 가까웠던 것 같다. 원주민의 유해나 동물 뼈 따위를 전시하고, 하마를 성경에 나오는 괴물로 소개하거나 수염 기른 여성을 등장시켜 호기심을 자극하는 곳도 있었다.[1] 그런 가운데 스미스슨의 뜻에 따라 "지식의 증진과 확산increase and diffusion of knowledge"을 내세운 스미스소니언의 등장은 중요한 이정표였다.

이 목표를 실현하기 위해 스미스소니언은 미술관을 포함한 박물관 21곳과 동물원 1곳을 운영한다. 이중 뉴욕에 위치한 2곳

---

1 Mondello, B. (2008. November. 24). A History of Museums, 'The Memory of Mankind', NPR. https://www.npr.org/2008/11/24/97377145/a-history-of-museums-the-memory-of-mankind

조지 워싱턴 기념탑 전망대에서 내려다본 내셔널 몰.
박물관과 기념시설이 밀집한 국가 상징 공간이다.

내셔널갤러리 서관

내셔널갤러리 동

스미스소니언 자연사박물관

스미스소니언 미국사박물관

스미스소니언
아메리칸인디언박물관

스미스소니언
항공우주박물관

방의회의사당

허시혼미술관

스미스소니언 캐슬

을 제외한 대다수가 워싱턴 D.C. 도심에 있다. 특히 내셔널 몰 일대에만 10곳이 집중돼 있다.

내셔널 몰은 링컨 기념관부터 의회의사당US Capitol까지 약 3.2킬로미터(2마일)에 걸쳐 좁고 길게 이어지는 잔디밭을 중심으로 한다. 이곳에 워싱턴과 링컨을 비롯한 역대 대통령들의 기념비, 양차 세계대전과 베트남전 및 한국전쟁 참전 용사 위령탑, 마틴 루서 킹 주니어 목사 추모비가 있다. 내셔널 몰은 미국의 국가 정체성을 드러내는 공간이다. 그곳에 모인 박물관도 미국인은 누구인지 이야기하고 있었다. 각각 하나의 훌륭한 박물관들이 퍼즐 조각처럼 모여서 미국인의 정체성이라는 그림을 완성한다. 국가 상징으로 기획된 자리에 박물관이 밀집한 장면 자체가 메시지였다.

누가 미국인인가

내셔널 몰에 밀집한 박물관들은 스미스소니언 박물관 중에서도 가장 오래되고 인기 있는 곳들이다.

국립 자연사박물관은 문명을 창조한 인간도 자연의 일부임을 일깨운다. 처음 간 날은 주차할 곳을 찾느라 시간을 다 보내고 '인류의 기원' 전시실만 겨우 둘러보고 폐관 시간이 다 되어 떠

밀리듯 나와야 했다. 로톤다(원형 로비)의 유명한 아프리카코끼
리, 고래와 공룡의 뼈보다도 에스더는 화석 인류의 두개골에 관
심을 보였다. 인류의 기원 전시관의 상징인 수만 년 전 동굴 벽
의 손자국은 문명의 새벽을 생각하게 했다. 손자국이 상징하는
상상력과 자의식은 역사와 문화, 과학, 예술, 국가를 포함한 사
회 제도의 출발점이었다는 점에서 특별했다. 그러나 박물관 전
체로 보면 그곳은 수많은 전시실 중 하나일 뿐이었다. 온갖 생물
과 무생물의 사진, 박제, 모형, 화석, 표본 사이에 인간이 있었다.
미국인을 포함한 인간이라는 생물종도 결국 자연에서 비롯했음
을 일깨우는 장면이었다.

　길 하나를 사이에 두고 나란히 선 미국사박물관은 역사적 존
재로서 미국인의 삶을 조명한다. 미국 국가國歌를 탄생시킨 오
리지널 성조기가 이곳에 있다. 미영전쟁중이었던 1814년 볼티
모어의 맥헨리 요새에 걸렸던 성조기가 이 박물관의 하이라이
트였다. 영국군의 포격을 밤새 견디고도 끄떡없이 펄럭이는 모
습에 감격한 볼티모어의 법률가 프랜시스 스콧 키가 "말해다오,
별이 빛나는 깃발은 아직도 펄럭이고 있는가?"라고 노래한 시
가 훗날 미국 국가로 채택됐다는 일화 속 그 성조기다.

　가로 42피트(약 12.8미터), 세로 30피트(약 9미터) 크기로 만
들어졌던 깃발은 현재 일부가 잘려나가 가로 길이가 34피트(약
10.3미터)다. 15개의 별 중 하나를 포함해서 군데군데 떨어져나

갔는데 이는 성조기를 전투의 기념품으로 간직했던 요새의 지휘관이 영광스러운 깃발의 조각을 주변에 나눠준 흔적이다. 성조기는 200년 전의 전쟁터에서 이곳으로 옮겨와 전시실 하나를 통째로 차지하고 있었다. 그 방은 유독 어두웠고 바스라질 듯한 섬유가 플래시 불빛에 손상되는 일을 막기 위해 사진 촬영도 엄격히 금지하고 있었다.

서부 개척 시대의 목조 주택, 국민들의 발이 돼준 기차와 자동차, 발명왕 에디슨의 축음기, 실리콘밸리의 소프트웨어 같은 주제를 다루는 전시실은 한국의 민속박물관처럼 미국인의 생활사를 구체적이고도 친근하게 소개했다. 성조기는 그런 역사를 만들어 온 "자유의 땅에 살아가는 용감한 이들"[2]의 정신을 상징한다.

이곳이 미국인이 거쳐온 길을 보여준다면, 잔디밭 건너편 항공우주박물관은 미국인이 나아가는 길을 제시한다. 박물관을 대표하는 온갖 로켓과 첨단 항공기 사이에 1903년 12월 17일 라이트 형제를 태우고 노스캐롤라이나 키티호크의 하늘을 날았던 최초의 동력 항공기 '플라이어Flyer 1903'의 실물이 있다. 날개에 바른 천은 보수했지만 기체는 형제가 만들었던 오리지널이다. 라이트 형제의 이야기는 위인전에 나오는 옛일처럼 느껴지지만 1903년 그날 네 차례의 비행에서 마지막으로 형 윌버가 59초

---

2 국가 말미에 미국을 'the land of the free and the home of the braves'라고 표현한다.

동안 852피트(약 260미터)를 날아간 지 두 세대 만인 1969년에 닐 암스트롱은 달에 첫발을 내디뎠다. 우주항공 분야가 얼마나 빨리 발전했는지 실감나는 대목이다.

비행기 여행 시대의 개막을 알린 포드의 1920년대 프로펠러 여객기, 소련과의 도킹 장면으로 연출한 우주정거장을 비롯해 온갖 항공기와 로켓이 전시장을 가득 메우고 천장에까지 매달려 있었다. 인상파 걸작이 가득한 미술관은 유럽에도 많지만 하늘과 우주를 개척해온 역사를 그만한 규모의 실제 기체로 보여주는 전시는 미국만 할 수 있는 것이다. 그 장면은 20세기가 시작되던 때부터 창공을 바라봤고 이제 더 먼 우주로 시선을 돌리는 이들이 미국인이라고 말하고 있었다.

미국인은 어디에서 왔고, 어떻게 살아왔으며, 어디로 나아가는가. 내셔널 몰의 자연사·미국사·항공우주박물관은 이 질문을 형상화하고 있다.

그런데 답변의 근간을 이루는 서부 개척, 전쟁과 독립, 우주 탐사 같은 이야기는 대체로 백인 남성의 서사다. 백인 남성의 이야기가 곧 역사로 받아들여지던 때도 있었지만 지금은 아니다. 세 박물관 이후에 조성됐거나 조성중인 스미스소니언 박물관들은 그런 문제의식 앞에서 여성과 소수 민족, 유색 인종에 주목한다. "미국인은 누구인가"라는 질문이 정치적 올바름의 시대를 통과하면서 "누가 미국인인가"로 바뀌고 있다.

스미스소니언 항공우주박물관 분관 스티븐 F. 어드바-헤이지 센터에 전시된 전투기들.

AMERICAN AIRWAYS

U.S. MAIL
CAM-1

FORD
ENTERED SERVICE
1928
5-AT TRI-MOTOR

BOEING
ENTERED SERVICE
1970
747

항공우주박물관 본관의 초창기 우편 배달기와 여객기들.

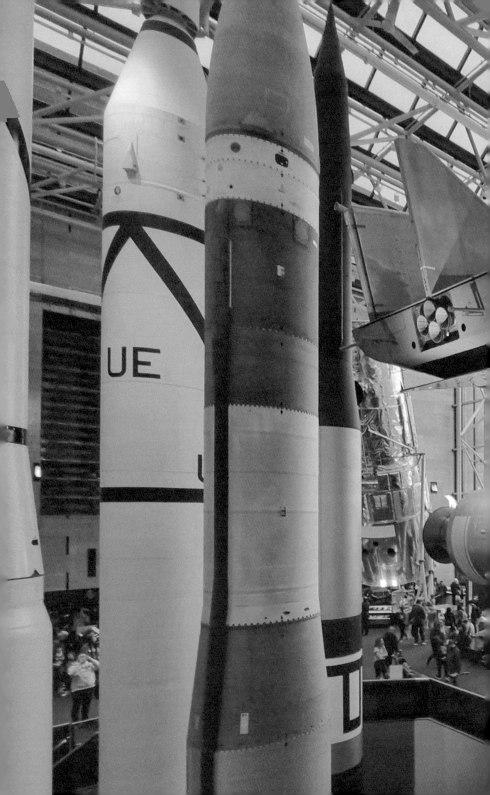

1975년 아폴로-소유즈 테스트 프로젝트를 재현한 전시물. 대서양 상공에서 아폴로 18호와 소유즈 19호가 이틀간 도킹했던 미국·소련 공동 프로젝트였다. 이를 계기로 두 나라의 우주 개발 경쟁이 완화되고 협력의 발판이 만들어졌다.

북미 원주민 설화의 창조신 까마귀를 주제로 한 공예 작품.

그래서 국립 아메리카인디언박물관이 존재한다. 다만 전시의 톤은 매우 조심스러웠다. 미국에서 원주민과 관련한 역사는 노예제 이상으로 조심스러운 이야기일 수밖에 없는 듯했다. 노예제가 미국 역사의 어두운 이면으로 자주 거론되지만 그래도 노예들과 국가 차원에서 전쟁을 벌이지는 않았다. 그러나 미군의 역사를 거슬러올라가면 '인디언'과 전쟁을 벌이던 시대가 나오는 것이다.

그래서인지 이 박물관에서는 시딩 불sitting bull이나 크레이지 호스crazy horse처럼 원주민의 항쟁을 이끌었던 지도자들보다는 포카혼타스가 스포트라이트를 받고 있었다. 백인과의 사랑이라는 이야기의 역사적 신빙성과 무관하게, 미국 최고最古 도시인 버지니아 제임스타운에서 최초의 영국 정착민들을 도왔다는 포카혼타스는 안전성이 검증된 원주민이다.

여성, 히스패닉, 아시아계 미국인의 역사를 다루는 박물관도 설립중이다. 스미스소니언 여성사박물관은 이미 임시 관장을 지명하고 웹사이트까지 개설했다. 아메리칸라티노latino박물관도 미국사박물관의 한 갤러리에서 전시를 시작했다. 바이든 대통령은 2022년 6월 아시아계 미국인의 역사·문화를 다루는 박물관을 설립하는 법안에 서명했다.

이런 박물관들은 한층 다양한 성별과 인종을 아우르는 '미국인'을 형상화하게 될 것이다. 박물관은 정체성을 드러낸다. 박물관에 박제된 옛날은 본질적으로 '우리는 누구인가'에 대한 이야기다. 스미스소니언재단 웹사이트는 이렇게 설명한다. "설립 이후 스미스소니언은 독창적인 아메리칸 스타일에 바탕을 둔 국가 정체성을 개발하는 과정의 일부가 되었다. 그 과정은 스미스소니언이 미래를 내다보는 오늘날에도 계속 이어지고 있다." 다른 많은 박물관·미술관과 달리 스미스소니언 산하 기관들은 입장료를 받지 않는다. 이 나라가 추구하는 가치를 누구나 쉽게 접할 수 있어야 한다는 생각 때문일 것이다.

수도의 중심은 의사당, 백악관은 어디 있나?

내셔널 몰을 중심으로 하는 워싱턴 D.C.의 도시 구조에도 미국이라는 나라의 철학적 바탕이 반영된 것처럼 보였다.

내셔널 몰 동쪽 끝 지점에 있는 의사당이 도시의 중심이다. 의사당은 도시를 좌표평면의 사분면처럼 네 개의 구역으로 분할하는 수직·수평축의 교차점이다. 워싱턴 D.C.의 주소에는 해당 지점이 어느 사분면에 속하는지를 나타내는 NE(북동), NW(북서), SE(남동), SW(남서) 기호가 들어가는데 의사당 주소에는 이 기호가 없다. 원점이기 때문이다. 이런 설정은 법치가 국가의 근본이라는 선언처럼 보였다.

의사당은 내셔널 몰 일대 거리 어디서든 바로 눈에 띄었다. 크고 흰 석조 건물이어서 처음엔 그게 백악관인 줄 알았다. 그러나 백악관은 존재가 잘 느껴지지 않았다. 내가 소속돼 있던 조지워싱턴대 한국학연구소가 백악관에서 두 블록 떨어져 있어서 근처를 자주 지나다녔다. 거리를 경계하는 경찰을 보고 뭔가 중요한 게 있는 모양이라고만 짐작했을 뿐 그곳이 백악관일 것이라곤 한동안 생각하지 못했다.

경호상의 이점이 물론 있겠지만 그런 이유 때문만은 아니라고 느꼈다. 도시 평면을 보면 내셔널 몰의 잔디밭을 지나는 수평선상에 의사당과 워싱턴, 링컨의 기념관이 있고 백악관은 거기서 살짝 비껴난 자리에 있다. 어디서나 눈에 띄는 것은 현직 대통령의 집무시설이 아니라 전직 대통령들의 기념시설이다. 초대 대통령 워싱턴은 장기 집권을 거부하고 재선 이후 스스로 권좌에서 물러나며 '권력의 절제'라는 공화제의 초석을 놓았다. 링컨은 노예를 해방시켜 평등의 가치를 실현했고 내전으로 갈라진 국가의 통합에 일생을 바쳤다. 내셔널 몰에서 기리는 것은 이런 정신이다. 비록 세계에서 가장 영향력 있는 사람일지라도 현직 대통령은 조금 물러난 자리에서 실무자로서 법에 따라 국가를 운영하라는 당부. 미국의 수도를 만든 사람들이 후세에 남긴 뜻일 거라고 생각했다.

장소의 박물관

워싱턴 D.C.는 스미스소니언의 도시이지만 스미스소니언만의 도시는 아니었다. 가장 자주 찾은 박물관은 연구 대상이었던 국립건축박물관이었다. 19세기에 남북전쟁 베테랑을 지원하는 펜션 빌딩Pension Building으로 지어져 여러 공공기관이 거쳐간 끝에 철거 위기에 몰렸으나 극적으로 재사용하기로 결정하고 박물관이라는 쓰임새를 찾아냈다. 그런 건물의 역사 자체로 건축을 대하는 태도를 제시하는 곳이었다. 나는 특히 홀을 좋아했다. 미국 대통령의 취임 무도회가 열리지만 평소엔 비어 있는 그 홀은 도시에 쉼표처럼 여유를 남겨 두는 것이 꽤 근사하다는 사실을 보여줬다.

힐우드박물관에도 자주 갔다. 한때 미국에서 가장 부유한 여성이었다는 마저리 메리웨더 포스트[3]의 저택을 보존한 곳이다. 부를 일군 이들이 저택을 갤러리로 만들고 사후에 미술품 컬렉션을 공개하는 것이 미국식 노블레스 오블리주의 한 방식이다. 이곳은 그중에서도 주인의 삶과 인간적 면모가 뚜렷하게 드러난다는 점에서 매력적이다. 20세기 미국 상류사회의 삶을 간접

---

3 시리얼 '포스트'를 만든 식품회사 포스트의 상속녀이자 성공한 기업가. 도널드 트럼프의 별장으로 유명한 플로리다 마라라고 리조트를 지은 인물이기도 하다.

적으로나마 체험해볼 수 있는 곳이기도 하다.

　워싱턴 D.C.에 해당하는 한국의 도시는 세종시일 것이다. 세종시에도 여러 박물관을 조성할 계획이라고 한다. 행정중심복합도시건설청 웹사이트에 따르면 2016~2028년에 걸쳐 어린이박물관, 도시건축박물관, 디자인박물관, 디지털문화유산센터, 국가기록박물관을 만든다고 되어 있다. 이곳에서 우리는 무엇을 보게 될까? 세종시에 들어설 박물관들은 우리에 대해 어떤 이야기를 할까? 선입견을 가질 필요는 없을 것이다. 다만 콘텐츠 없이 건물부터 짓고 보는 'K'의 습성이 이곳에서는 되풀이되지 않기를 바랄 뿐이다.

회랑으로 둘러싸인 국립건축박물관의 홀. 미국 대통령의 취임식 무도회가 열리기도 한다.

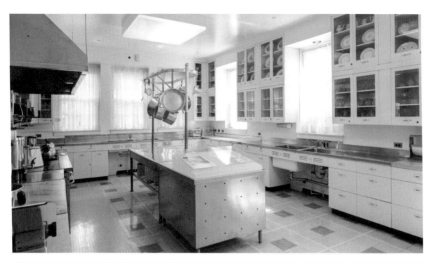

▲당장 음식을 만들 수 있을 것 같은 주방.

◀힐우드박물관의 브렉퍼스트 룸.
저택의 주인이었던 마저리 메리웨더 포스트가 아침식사를 들던 곳이다.

미술관

경의로 얼룩진 이름 앞에서

'마지막 모더니스트'의 부고

2019년 어느 금요일에 그의 부고 기사를 썼다. 이오 밍 페이가 102세로 타계했다는 소식이 전해진 날이었다. 지면 사정상 분량의 절반 정도만 실렸다. 외국 건축가의 부고가 작게나마 지면을 차지할 수 있었던 것은 루브르 피라미드의 설계자라는 대중적 상징성 때문이었다. 한데 기사를 쓰면서 조사해보니 더 눈길 가는 작품이 있었다. 워싱턴 D.C.에 있는 내셔널갤러리 동관이었다.

내셔널갤러리 동관은 전통과 첨단의 조화라는 그의 주제가 루브르에 앞서 구현된 곳이다. 페이는 고풍스러운 신고전주의 양식의 서관 바로 옆에 동관을 디자인하면서 직선과 삼각형, 예각으로 모던함을 한껏 드러냈다. 1941년 개관한 서관에서 근대 이전 작품을 전시하고 1978년에 문을 연 동관에서 현대 미술을 다루는 시대 구분을 미술관 건축에도 반영했다. 실제로 보면 나란히 선 두 건물은 뚜렷한 대조를 이루면서도 묘하게 어울려서 극과 극이 통한다는 말을 실감케 했다. 동관은 서관보다 한참 작은데도 부속 건물처럼 보이지 않았다.

건물 평면에 잘 쓰이지 않는 삼각형과 예각이 동관의 디자인 언어가 된 것은 부지 모양 때문이었다. 워싱턴 D.C.의 직교형 도로망과 방사형 도로망이 중첩되는 지점에 있는 동관 부지는 한

쪽이 비스듬한 사다리꼴이었다. 페이는 이를 이등변삼각형과 직각삼각형으로 분할해 전시동과 업무동을 각각 배정했다. 이렇게 도출된 이등변삼각형은 전시장 전체에서 변주되는 주제였다. 꼭대기 방의 천장 창살, 아트리움을 덮는 천창의 패턴, 복도의 타일 모양에서도 삼각형이 반복되고 있었다. 동관의 디자인 과정은 건축이 디자이너의 펜 끝에서 그려지는 게 아니라 입지에서 발생한다는 사실을 보여준다. 백악관이 있는 도시로만 알았던 워싱턴 D.C.에 가고 싶다는 생각을 그때 처음 했다. 그리고 3년쯤 뒤에 실제로 나는 거기 있었다.

애정을 공유하는 공동체

처음 동관을 찾은 날은 2022년 2월 16일이었다. 그날 나는 영어가 서툰 외국인 관람객의 질문에도 친절하게 답해줄 것 같은 직원을 찾으며 한산한 로비에서 두리번거리고 있었다. 모든 전시실을 돌아보고 옥상에 있는 높이 4미터짜리 푸른 수탉 조각까지 살펴보고 나서 로비에 내려와 막 페이의 이름을 만난 참이었다. 연한 갈색이 도는 돌기둥에 미술관 건립 관계자들의 이름을 새겼는데, 그중 'I.M.PEI'에만 일부러 칠한 것처럼 까맣게 얼룩이 져 있었다. 자세히 보니 어제오늘 뭔가가 묻은 자국은 아니고 지나는 관람객들이 오랫동안 쓰다듬어 만들어낸 손때 같았다. 건축가 이름을 가장 잘 보이는 자리에 새기는 일을 상상하기 어려운 한국 풍토와 대비되는 장면이었다.

　스마트폰을 들이대고 사진을 찍으며 서성이고 있으니 직원이 먼저 다가왔다. 관람객들의 자발적인 손길이 만들어낸 얼룩이라고 설명하며 그는 뿌듯한 표정을 지었다. 밖으로 나가면 외벽이 칼날처럼 예리하게 꺾인 부분이 있는데 그곳에도 똑같은 손자국이 남아 있다고 했다. 직각삼각형(업무동)의 한 모서리가 19도로 꺾인 그 부분이 이 미술관 디자인의 엄정한 기하학을 상징하는 트레이드마크가 됐고, 미술관을 나선 관람객들은 저마다 여운을 간직한 채 그 자리를 쓰다듬었던 것이다. 동관에는 피카소 초기작만으로 꾸민 방도 있고 로스코 작품만 걸어놓은 전시실도 있으며 에드워드 호퍼도 칸딘스키도 있지만 관람하다보면 가장 중요한 작품은 미술관 건축이라는 점이 자연스럽게 느껴진다. 눈에 띄지 않는 곳에도 건축가의 손길이 묻어 있었다. 가령 복도에 깔린 이등변삼각형 타일 5장의 줄눈이 벽의 모서리와 오차 없이 한 점에서 만나는 모습이라든가, 내벽 마감재의 모듈이 유리창 너머 외벽 석재의 규격과 정확하게 맞아떨어지는 장면을 보면 좋은 공간을 위해 타협하지 않았던 태도가 느껴졌다. 집념이 사람들의 마음을 움직인다.

　페이가 동관과 비슷한 시기에 설계한 보스턴의 존 F. 케네디

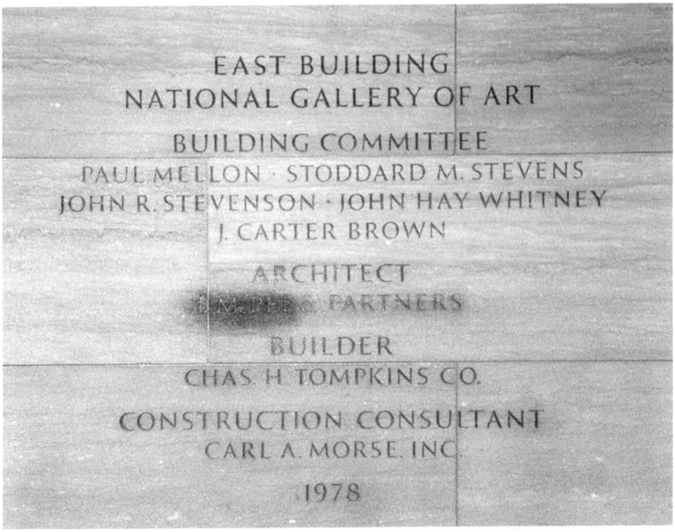

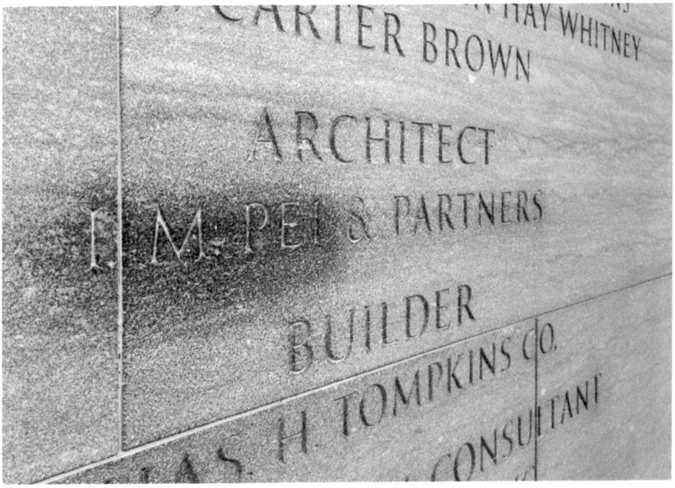

내셔널갤러리 동관 기둥에 새겨진 건립 관계자들의 이름. 건축가의 이름에만 오랜 손때가 앉았다.

대통령 기념 도서관에서 2009년에 건축가를 초청해 대담을 진행한 적이 있다. 그 자리에 참석한 건축사가 재닛 애덤스 스트롱이 동관의 이 손자국을 언급했다. "여러 해에 걸쳐 미술관에서는 그 손자국을 지우려고 했습니다. 그러다 결국엔 어깨를 으쓱하면서 인정할 수밖에 없었죠. 그것도 그 건물의 일부라고요."[1] 얼룩을 지우지 않는 것은 건축가의 이름을 쓰다듬으며 오랜 시간 자생해온 커뮤니티를 존중하기 때문이다. 스트롱은 페이와 그의 건축, 그리고 사용자 사이에 '촉각적 연결tactile connection'이 존재한다고 설명한다. 동관 기둥의 이름 앞에 서면 실제로 건축가의 존재가 느껴진다. 그것은 '프리츠커상을 받은 중국계 건축가'라든가 '바우하우스 창립자 발터 그로피우스의 제자였던 마지막 모더니스트' 따위의 건조한 수사가 아니다. 미술관이 개관하던 1978년 6월 1일 사진 속에서처럼 건축가가 특유의 동그란 뿔테 안경을 쓰고 활짝 웃는 얼굴로 3층 복도쯤에서 내려다보고 있는 것 같은 구체적 실감이다.

페이의 이름이 무엇도 함부로 만져선 안 되는 미술관에서 뭔가를 만지는 카타르시스를 제공한다는 해석도 있다. 기둥에 살짝 손을 대본다. 서늘한 촉감의 대리석에 한 겹의 손때를 더하는

---

1   John F. Kennedy Presidential Library and Museum. (2009. October.18). A Tribute to I.M.Pei. jfklibrary.org. https://www.jfklibrary.org/events-and-awards/kennedy-library-forums/past-forums/transcripts/a-tribute-to-im-pei

순간 수십 년에 걸쳐 같은 자리를 매만져온 이들의 대열에 합류하게 된다. 미술 애호가도 아니면서 내가 그 미술관에 자주 드나들었던 것은 그런 공동체적 유대감 때문이었다.

'출입금지'를 가장 예술적으로 안내하는 법

처음 방문했던 날, 동관은 내부 수리를 위해 임시 휴관에 들어가기 직전이었다. 아트리움의 천창은 가림막으로 덮여 있었고 미술관의 상징과도 같은 칼더의 대형 모빌도 철거된 상태였다. 아예 문을 닫기 전에 와서 다행이다 싶으면서도 아쉬웠다. 가을쯤 재개관할 예정이라지만 공사란 이런저런 이유로 늦어지기 마련이다. 더구나 코로나 팬데믹이 아직 끝나지 않은 때였다. 한국 돌아가기 전에 문을 열지 못할 수도 있었다.

미술관은 그런 아쉬움에 가장 미술관다운 방식으로 대응했다. 작은 쪽문 하나만 남기고 폐쇄된 정문에 'so-so so,so sorry'라고 적힌 모습이 예사롭지 않았다. "반복되는 단어와 하이픈, 쉼표 같은 기호가 뒤섞이면서 인사치례와 진심어린 사과 사이의 다층적 의미가 생성된다"는 설명이 달린 케이 로젠의 언어유희 작품이었다. 설명은 이렇게 이어졌다. "누가, 무엇에 대해 사과하는가? 해석은 열려 있다." 그러나 이 작품의 해석은 그리 난

해하지 않다. 작품이 걸린 곳이 전시실의 흰 벽이 아니라 얼마 전까지만 해도 사람들이 드나들던 출입구라는 맥락의 특수성 때문이다. "공사중 관계자 외 출입금지"라고 적힌 테이프를 둘러치고 "안전제일" 플라스틱 펜스를 설치할 수도 있었을 텐데 그렇게 하지 않는다.

동관과 서관을 잇는 지하 통로 또한 예술이었다. 이 통로는 관람객이 길이 약 60미터 수평 무빙워크를 타고 4만1000개의 LED가 무작위로 점멸하는 터널을 통과하도록 디자인돼 있었다. 피카소의 시대에서 다빈치의 시대로[2] 이동하는 타임머신처럼 느껴졌다. 동관에서 서관으로, 다시 서관에서 동관으로 이 터널만 몇 번씩 오가는 사람들도 많았다. 가장 평범한 장소를 평범하지 않게 만드는 예술의 힘을 보여주는 일 또한 유명 작가의 작품을 보여주는 일만큼 미술관의 역할이 아닐까. 터널을 통과할 때마다 그런 생각을 했다.

---

2 서관에서 가장 유명한 작품 중 하나가 레오나르도 다빈치가 그린 〈지네브라 데 벤치〉 초상화다. 미국에서 유일하게 대중에 공개된 다빈치 작품으로 알려져 있다.

247

케이 로젠이 동관 리모델링에 맞춰 제작한 작품 <Sorry>.
공사로 폐쇄된 정문에 '출입금지' 가림막 대신 설치됐다.

서관에서 바라본 동관. 분수 옆에 뾰족하게 솟은 구조물 '크리스털'이 카페와 기념품점이 있는 지하에 빛을 들이는 채광창 역할을 한다. 루브르 피라미드의 프로토타입으로 볼 수 있다.

동관·서관 사이 지하 통로에서 빛나는 LED 조명.
미디어 아티스트 레오 비야레알의 작품 <다중우주Multiverse>다.

동관의 마크 로스코 전시실.
건축물의 평면 형태인 이등변삼각형이 천창의 패턴에서 반복된다.

삼각형 바닥 타일의 줄눈과 정확하게 맞물린 벽 모서리. 공력을 들인 디테일은 보는 이를 기분좋게 한다.

건축가의 명복을 빌면서

리모델링에 들어갔던 동관은 다행히 귀국 전에 다시 문을 열었다. 가림막을 걷어낸 천창을 통해 쏟아져들어온 자연광이 기하학적인 그림자 패턴을 만들어냈다. 칼더의 모빌도 다시 설치돼 실내의 미세한 기류를 타고 느릿하게 움직였다. 페이의 이름은 여전히 경의로 얼룩져 있었다. 미국의 미술관 중에는 내셔널갤러리보다 훨씬 큰 곳도 있었고 교과서에서 본 유명 작품이 더 많은 곳도 있었지만 내셔널갤러리 동관처럼 충일감을 주는 곳은 없었다.

너무 위압적이지도, 너무 번잡하지도, 너무 비싸지도,[3] 너무 시시하지도 않으면서 그런 기쁨을 주는 장소가 가까이에 있다는 것은 무척 고마운 일이었다. 건축가의 이름을 쓰다듬어온 사람들도 같은 생각을 했을 것이다. 근처를 지날 일이 있을 때마다 인사하듯 동관 로비에 들렀다. 그리고 그 장소를 아끼는 이들의 공동체에 기꺼이 이름을 내준 건축가의 명복을 마음속으로 빌었다.

---

3 내셔널갤러리는 무료다.

아트리움의 천창으로 들어온 빛이 만들어낸 기하학적 패턴.

내셔널갤러리 동관은 소장품 못지않게 그 자체로 중요한 작품이다.

우주

더 높은 곳을 향해서

어디에나 우주가 있다

워싱턴 국립 대성당은 매우 미국적인 상징을 여기저기 숨겨두고 있다. 외벽 가고일gargoyle 석상 중 하나가 다스베이더의 얼굴을 한 고딕 성당은 세계에 여기뿐일 것이다. 스테인드글라스로 검劍을 든 조지 워싱턴이나 1944년 태평양 이오지마섬의 해병 대원들, 그리고 태양계를 묘사한 것도 미국을 대표하는 국립 대성당이기에 가능했을 것이다. 태양계를 묘사한 스테인드글라스엔 진짜 월석이 박혀 있다.

사우스캐롤라이나 찰스턴 항구에 정박해 박물관이 된 퇴역 항공모함 요크타운의 격납고에는 태평양전쟁 당시의 프로펠러 함재기들과 함께 아폴로 8호[1]의 사령선이 전시돼 있었다. 이 배가 1968년 인류 최초로 달 궤도에 진입해 〈지구돋이earth-rise〉 사진을 남기고 귀환한 아폴로 8호의 비행사들을 바다에서 구조했기 때문이다. 빛나는 전공戰功만큼 이것 또한 중요한 사실이었다.

우주에 대한 미국인들의 자부심은 대단했다. 어딜 가든 우주가 있었다. 그 앞에 설 때마다 경탄과 감동, 부러움, 한편으론 약

---

1   아폴로 프로젝트의 여섯번째 임무이자 두번째 유인(有人) 임무. 최초로 지구 궤도를 벗어난 임무였다.

우주를 묘사한 스테인드글라스. 가장 큰 보라색 원의 중심에 월석이 박혔다.

조지 워싱턴, 해병대와 공수부대의 활약이 종교적 상징과 함께 묘사된 스테인드글라스.

간의 의구심이 복잡하게 뒤섞였다. 머릿속을 떠나지 않는 의문
이 있었다. 나는 왜 미국의 '국뽕'에 반응하는가?

당혹스러운 우주

미국 생활을 시작하던 2022년 1월, 스미스소니언 항공우주박물
관의 분관인 스티븐 F. 어드바-헤이지 센터에서 당혹스러운 우
주와 처음 맞닥뜨렸다. 어드바-헤이지 센터는 워싱턴 D.C.의 관
문인 덜레스 국제공항 바로 옆에 초대형 격납고를 짓고 공간 제
약 때문에 도심의 본관에 두기 어려운 대형 기체들을 전시한 곳
이다. 어려서 첨단 문물의 대명사처럼 여겼던 초음속 여객기 콩
코드, 히로시마에 핵폭탄을 투하했던 B-29 폭격기 '이놀라 게
이Enola Gay'[2]처럼 유명한 항공기들이 수없이 많았지만 하이라이
트는 역시 우주왕복선 디스커버리였다.

　우주왕복선 중에서도 디스커버리는 특별하다. 1984년 첫 비
행부터 2011년 퇴역할 때까지 27년간 역대 우주왕복선 가운
데 가장 많은 39회의 임무를 수행한 기체가 디스커버리다. 어드
바-헤이지 센터의 우주 격납고 한가운데를 차지한 모습은, 호

2　복원품이나 같은 기종의 다른 기체가 아니라 실제 히로시마에 투입됐던 그 기체다.

위하듯 그 주위를 에워싼 다른 인공위성과 로켓은 눈에 들어오지도 않을 만큼 압도적이었다. 무료로 입장하는 박물관에서 언제든 우주왕복선 실물을 볼 수 있다는 게 그때는 살짝 비현실적으로 느껴졌다.

이튿날 이브 아빠가 우주왕복선을 본 소감이 어땠는지 물었을 때 나는 "가장 미국다운 콘텐츠를 만날 수 있어서 인상적이었다"고 대답했다. 우주항공 분야에서 미국의 위상이 독보적이라는 의미로 그런 대답을 했지만, 동체에 선명한 '미합중국UNITED STATES' 마킹이나 격납고 천장에 걸린 대형 성조기를 보면서 어딘가 마음이 편치 않았던 것도 사실이다. 더구나 어드바-헤이지 센터는 '아메리칸 드림'의 최일선이다. 이 박물관을 짓도록 6600만 달러를 기부한 스티븐 F. 어드바-헤이지는 항공기 임대업으로 막대한 부를 일군 헝가리 출신 이민자다. 박물관 로비에 어드바-헤이지가 어려서 갖고 놀던 장난감 비행기가 전시돼 있다. 하늘을 동경했던 이민자 소년이 미국에서 꿈을 이루고, 기부를 통해 그 꿈을 후대와 공유한다는 이야기는 전형적인 아메리칸 드림의 서사다.

플로리다 케네디 우주센터에 있는 또다른 우주왕복선 아틀란티스의 전시 연출은 그야말로 '국뽕'이었다. 의도했는지는 알수 없지만 이곳은 긴 줄에 서서 입장을 기다리다 인내심이 바닥날 때쯤 좁고 어두운 방에 겨우 도착해 우주왕복선 개발사史

스티븐 F. 어드바-헤이지 센터에 전시된 우주왕복선 디스커버리.

로켓과 인공위성 하나하나가 우주 개발사의 중요한 이정표지만,
디스커버리의 존재감은 그 모든 것을 압도한다.

영상을 보도록 꾸며져 있었다. 10분 정도 길이의 영상이 끝나고 스크린이 걷히면서 마침내 아틀란티스 궤도선(우주왕복선 본체)이 모습을 드러내자 사람들은 박수를 치며 환호했다. 선체를 43.21도 기울여 한껏 역동적으로 연출한 그 모습은 분명 극적이었지만 어쩐지 마음껏 좋아할 수가 없었다.

쓸쓸한 기분이 바뀐 것은 전시관 밖을 나서던 순간이었다. 너무 커서 궤도선과 함께 전시장에 들이지 못한 아틀란티스의 발사체가 거기 서 있었다. 이 발사체는 케네디 센터 정문 밖에서도 비쭉 솟은 꼭대기가 보일 만큼 거대하지만 형태는 단순하다. 오렌지색 연료탱크 양옆에 두 개의 길다란 로켓 부스터(추진체)가 부착돼 있다. 연료를 태워 추력을 얻는다는 우주왕복선의 아이디어[3]를 그대로 형상화한 듯 직관적인 형태였다. 그 앞에 서니 20층 아파트와 맞먹는 높이(56미터) 때문에 시선이 자연스럽게 위를 향했다. 올려다본 하늘엔 어떤 경계도 구분도 없었다. 그곳을 향하는 상승 의지는 미국의 전유물이 아니라 인류의 보편적 특성일 거라고 생각하니 마음이 조금 편해졌다.

---

3   우주왕복선의 개념 자체는 작용과 반작용이라는 기초적 물리 법칙에 바탕을 두고 있다.

누구나 '문샷'을 꿈꿀 수 있다

케네디 우주센터가 들어선 자리는 한국 뉴스에도 종종 등장하는 케이프커내버럴 기지가 있는 곳이다. 우주 개발 시대에 접어들던 1960년대 초반 이곳에 가면 로켓 발사를 볼 수 있다고 알려지면서 사람들이 모여들었다. 결국 의회에서 항공우주국NASA에 관람객을 수용할 시설을 개발할 것을 제안했다. 처음에는 로켓 발사 시설을 자동차를 타고 둘러보는 드라이브스루 방식이었다니 우주 테마파크처럼 느껴지기도 한다.

1963년 암살당한 대통령의 이름을 따서 이곳은 케네디 우주센터로 불리게 됐다. 암살당하기 한 해 전인 1962년 가을 텍사스에서 '문 스피치moon speech'를 통해 우주 탐사 계획을 천명했으니 '케네디'는 갓 조성된 우주센터에 딱 맞는 이름이었을 것이다. 1962년 9월 12일 라이스대학교에서 했던 이 연설의 핵심은 1960년대가 막을 내리기 전에 인간을 달에 보내겠다는 것이었다. 케네디 우주센터를 발사 거점으로 하는 유인 달 탐사 계획, 아폴로 프로젝트를 대중 앞에 공표하는 순간이었다.

세계 최초의 인공위성(1957년 스푸트니크)과 세계 최초의 우주인(1961년 유리 가가린) 타이틀을 연달아 소련에 내준 미국은 당시 우주 개발 분야에서 '국뽕'에 취할 처지가 아니었다. 케네디 연설의 행간을 살펴보면 세계 패권을 다투는 국가의 자부심과 경쟁국에 뒤처졌다는 조바심이 동시에 묻어난다.

"핵무기를 비롯한 모든 기술과 마찬가지로 우주 과학 자체는 어떤 의도를 가지고 있지 않습니다. 그것이 선한 힘이 될지 악한 힘이 될지는 인간이 결정하는 것이며, 미국이 탁월한 위치를 차지해야만 이 새로운 대양大洋이 평화의 바다가 될지 아니면 끔찍한 새 전쟁의 무대가 될지 올바르게 결정할 수 있습니다."

케네디는 연설에서 우주 개발이 가져올 경제적 효과를 제시했다. 그것이 공짜가 아니라는 사실도 솔직하게 알렸다. 현재 국민 1인당 매주 40센트 수준인 우주 개발 비용이 곧 50센트로 늘어날 것이라 밝혔다. 연설에 능했던 대통령은 그러나 구체적 근거를 들어가며 논지를 이어나가면서도 청중을 사로잡는 것은 수치가 아니라 직관적인 한마디라는 것을 잊지 않았다. 케네디 센터의 아폴로 프로젝트 전시관에서 그때의 음성이 흘러나오고 있었다.

"우리는 달에 가기로 했습니다We choose to go to the moon. 우리는 이번 10년 안에 달에 가고 다른 여러 일을 해내기로 했습니다. 쉬운 일이라서가 아니라 어려운 일이기 때문입니다."

케네디가 썼던 "We choose to go to the moon"이라는 표현은 이 연설의 비공식적인 제목이 됐다. 이어서 그는 쉬워서가 아니라 어려워서 하는 일이라며 듣는 이들의 도전 정신을 자극한다. 케네디가 달 탐사의 필요성을 설명하면서 "먼저 달에 가서 소련의 코를 납작하게 만들겠다"고 말했다면 어땠을까? 연설을 듣는 미국인들이 잠시 통쾌해했을지는 모르지만 세월이 60년 넘게 지난 뒤까지 '문샷moonshot'이 초월적 혁신의 대명사로 사람들 입에 오르내리는 일은 없었을 것이다. 보편적 언어에는 힘이 있다.

케네디의 비전은 현실이 됐다. 1969년 달 표면을 밟은 닐 암스트롱은 "한 인간에게는 작은 발걸음이지만 인류에게는 거대한 도약"이라는 유명한 말을 남겼다. 한국에서는 '아폴로'에 깊은 인상을 받은 아동문학가 윤석중이 동요 〈앞으로〉의 가사를 썼다. 달 착륙은 미국이 이룬 업적이면서 바다 건너 한국 어린이들의 시야를 지구 너머로 넓혀준 사건이기도 했다. 그 현장인 케네디 센터에서 가슴 벅찬 느낌에 휩싸인 이유는 누구의 것도 아닌 우주를 누구나 꿈꿀 수 있기 때문이었다. '우주적' 관점에서 보면 국경도 한낱 인간이 그어놓은 선일 뿐이다.

태도로서의 우주

한국으로 돌아온 뒤로 에스더는 친하게 지냈던 미국 친구와 격주로 줌에서 만나고 있다. 개기일식 소식이 미국을 떠들썩하게 했던 2024년 4월, 친구는 학교에서 나눠준 보안경을 쓰고 해가 사라지는 모습을 바라본 이야기를 들려줬다. 들뜬 목소리였다. 솔직히 좀 부러웠다. 개기일식 때문에 관광 특수가 일고 학교가 휴교한다는 이야기는 호들갑스럽게만 들리지만 그만큼 많은 사람이 어릴 때부터 자연스럽게 우주를 접한다는 의미도 된다. 직업 특성상 여러 외신을 자세히 살펴보는데, 미국 매체는 우주 관련 소식을 상당히 적극적으로 다룬다는 인상을 받는다. 2024년 9월 미국의 재러드 아이작먼이 민간인 최초로 우주 유영에 도전했을 때 CNN은 이 소식을 미국 대선이나 이스라엘의 전쟁 못지않게 중요한 뉴스로 며칠에 걸쳐 보도했다.

로켓 과학자나 우주 비행사가 아니라 해도 누구에게나 우주가 필요하다. 우주를 바라본다는 것은 태도이기도 하기 때문이다. 광막한 세계 앞에서 겸허심을 잃지 않으면서도 불가능해 보이는 일에 도전하는 것. 어둠이 내린 케네디 센터를 나서면서 에스더에게 오늘 본 로켓이나 비행사의 이름이 생각나는지 묻지 않았다. 그런 것은 잊어도 좋다. 다만 가장 높은 곳을 꿈꾼 사람들이 있었다는 사실만은 어렴풋하게라도 기억해주기를 바랐다.

크리스마스 직후에 방문한 케네디 우주센터 입구.
NASA(항공우주국) 로고 위에 은색 고리를 얹어 트리 장식처럼 표현했다.
오른쪽 건물 위로 비쭉 솟은 우주왕복선 아틀란티스 발사체가 보인다.

오랜 기다림 끝에 아틀란티스가 모습을 드러내는 순간.

지상에서 올려다본 아틀란티스 발사체.

모든 날 모든 장소

초판 인쇄 2025년 3월 10일
초판 발행 2025년 3월 20일

지은이 채민기
책임편집 임혜지 | 편집 구민정 이경록 이희연
디자인 엄자영 | 저작권 박지영 형소진 오서영
마케팅 정민호 서지화 한민아 이민경 왕지경 정유진 정경주 김수인 김혜원 김예진 나현후 이서진
브랜딩 함유지 박민재 이송이 김희숙 박다솔 조다현 김하연 이준희
제작 강신은 김동욱 이순호 | 제작처 더블비(인쇄) 천광인쇄사(제본)

펴낸곳 (주)문학동네 | 펴낸이 김소영
출판등록 1993년 10월 22일 제2003-000045호
주소 10881 경기도 파주시 회동길 210
전자우편 editor@munhak.com | 대표전화 031) 955-8888 | 팩스 031) 955-8855
문학동네카페 http://cafe.naver.com/mhdn
인스타그램 @munhakdongne | 트위터 @munhakdongne
북클럽문학동네 http://bookclubmunhak.com

ISBN 979-11-416-0182-9 03810

www.munhak.com